세계 명언집

세계 명언집
④ 명상의 고향

초판 1쇄 인쇄 | 2024년 07월 15일
초판 1쇄 발행 | 2024년 07월 20일
편찬 | 좋은말연구회
펴낸곳 | 태을출판사
펴낸이 | 최원준
디자인 | 윤영화
등록번호 | 제1973.1.10(제4-10호)
주소 | 서울시 중구 동화동 제 52-107호(동아빌딩 내)
전화 | 02-2237-5577 **팩스** | 02-2233-6166
ISBN 978-89-493-0677-3   03890

④ 명상의 고향　세계 명언집

좋은말연구회 편찬

태을출판사

마하트마 간디
(Mahatma Gandhi, 1869년 ~ 1948년)
인도의 정신적, 정치적 지도자,
인도의 독립 운동가.

조지 바이런
(George Gordon Byron, 1788~1824)
영국 시인.

임마누엘 칸트
(Immanuel Kant, 1724~1804)
독일의 철학자..

파블로 피카소
(Pablo Picasso, 1881~1973)
스페인 국적 20세기 화가,
조각가, 작가.

레프 톨스토이
(Leo Tolstoy, 1828~1910)
러시아의 소설가,
시인, 사상가.

윌리엄 셰익스피어
(William Shakespeare, 1564~1616)
영국의 극작가, 시인.

헤르만 헤세
(Hermann Hesse, 1877~1962)
독일계 스위스인 소설가, 시인 .

데일 카네기
(Dale Breckenridge Carnegie, 1888~ 1955)
미국의 작가, 강사.

벤저민 프랭클린
(Benjamin Franklin, 1706년~1790년)
미국의 정치가, 외교관, 과학자, 저술가.

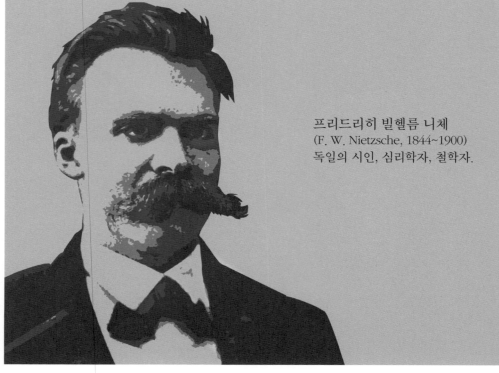

프리드리히 빌헬름 니체
(F. W. Nietzsche, 1844~1900)
독일의 시인, 심리학자, 철학자.

마음 부자인 당신을 위하여

당신은 지금 삶에 대한 두려움을 가지고 있습니까?

그렇다면 당신은 지금 무엇인가 집착에 얽매여 있는 것이 분명합니다.

당신이 만약 '무엇'인가 집착에 사로잡힌 나머지 두려움을 당신의 곁으로 맞아들였다면, 페스탈로찌의 다음과 같은 말을 기억하시기 바랍니다.

—거대한 궁궐 안 옥좌(玉座)에 앉았거나, 초라한 오막집에서 살거나, 다름없는 인간입니다.—

본질적인 인간, 이 인간이란 도대체 무엇일까요?

어째서 현자(賢者)들은 이것을 우리에게 말하지 않는 것일까요? 어째서 영특한 사람들도 인간이란 어떤 것인가를 모를까요?

인간의 본질이 되는 것, 인간이 필요로 하는 것, 인간을 향상시키는 것, 인간을 야비하게 하는 것, 인간을 강하게 하는 것, 인간을 무력하게 하는 것, 이것은 백성의 목자(품)인 군주에게도 필요한 것이며, 어떤 가난한 인간에게도 필요한 것입니다.

지금 바로 두려움을 떨쳐 버리십시오. 그 이전에 당신은 모든 집착으로부터 해방되어야 합니다. 그때 비로소 그대의 가난한 마음은 풍요로워지며, 그대의 삶은 그대와 하나가 되어, 지고(至高)한 행복으로 넘쳐흐를 것입니다.

좋은말연구회

차례

part 1

선(善)에
대하여

Analects of the World

정당한 명분 앞에서는 약자가 강자를 제압한다.

소포클레스

대장부는 선(善)을 분명하게 알기 때문에 대의
와 절개를 태산보다 무겁게 생각하고, 마음씀
이 공정하기 때문에 죽고 사는 것을 깃털보다
가볍게 생각한다.

경행록

어린이들의 공경심은 모든 선행의 근본이다.

키케로

너의 빛을 사람 앞에 비추게 하여 저들로 하여금 너의 착한 행실을
보게 하고, 하늘에 계신 너의 아버지께 영광을 돌리게 하라.
신약성서

힘을 내라! 힘을 내면 약한 것이 강해지고, 빈약한 것이 풍부해질 수
있다.
뉴우턴

선(善)과 악(惡)이란 신의 오른팔과 왼팔이다.
베일리

시기와 질투는 언제나 남을 해치려다 자신을 해친다.
맹자

남들이 뭐라 하든 그대로 내버려 두고, 그대의 길을 가라!
단테

높은 자리에 있어도 교만하지 아니하면 위태롭지 아니하고, 도리어
타인의 존경을 받게 된다.
소학(小學)

자기의 위치를 잘 알고 올바로 즐기는 법을 아는
것이야말로, 절대적인 신과도 같은 완전함을 가
져올 수 있다.
몽테뉴

음탕하고 호화로운 말은 입에 담지 말아야 할 뿐 아니라, 만약 이러
한 말을 들을지라도 귀를 기울이지 말라.
채근담

사람마다 자기 몸을 아끼고 사랑하며, 자기를 스스로가 잘 알며, 자
기를 스스로가 잘 다스린다면, 인간의 세 가지 기틀을 굳게 마련한
것이다. 이 세 가지 기틀은 인생을 올바로 인도하며 고귀한 힘을 발
휘하게 한다.
테니슨

남의 단점을 비방하는 것은 옳지 못한 일이다. 남의 단점을 감싸주어야 한다. 만약 남의 단점을 세상에 드러낸다면 이것부터가 자기의 단점이니, 결국 자기의 단점으로 남의 단점을 공격한 것에 불과한 것이다.

채근담

착한 것이란 실질적이며, 현실적인 문제이다. 인간에게 착한 마음과 행동이 깃들면 깃들수록 인간의 생활은 편안해진다. 이것은 마치 온화한 봄날, 화사한 꽃들의 모습과도 같다.

에머슨

마음이 맑고 깨끗한 사람은 온 세계가 맑고 깨끗하게 보이고, 마음이 잡된 사람은 온 세계가 잡되고 더럽게 보인다.

불경

역경에 처할수록 바른 마음을 가져야 한다. 최악의 상태는 항상 인간을 신(神)의 곁으로 인도하는 강한 힘을 가지고 있다. 그 힘의 인도를 받는 길은 오직 바른 마음(善)뿐이다.

슐러

착한 사람은 착한 행위를 하고도 떠들지 않고, 철이 오면 다시 포도를 맺는 포도 나무와 같이 타인(他人)에게 항상 착한 행동을 한다.

아우렐리우스

착한 사람은 그의 인생을 배로 연장(延長)한다. 추억 속의, 지난 날의 생활을 회상한다는 것은 다시 사는 것과 같기 때문이다.
마르티알리스

무슨 일이든지 착한 일을 많이 하게 되면, 나쁜 일은 자연히 하지 않게 된다.
코오란

우리들 모두가 사소한 예의범절에 조심한다면, 인생은 훨씬 더 살기 좋은 것이 될 것이다.
채플린

선의(善)도 정도가 지나치면,
아주 나쁜 결과를 초래하는 경우를 자주 본다.
몽테뉴

선(善)이 사람을 행복하게 만드는 것보다, 행복(幸福)이 사람을 선(善)하게 만든다.
W·S·랜더

인간은 항상 무엇을 하기 위한 그 무엇이 아니어서는 안된다.

괴테

자기 부모를 공경할 줄 모르는 사람과는 절대로 우정을 나눌 수 없다. 그러한 사람은 인간의 근본을 벗어났기 때문이다. 왜냐하면, 이 세상에서 공경과 사랑을 모르는 사람이 다른 사람을 소중히 여길리가 없기 때문이다.

소크라테스

저렇게도 작은 촛불이 어쩌면 저렇게 멀리까지 비쳐 줄까! 험악한 세상에서는 작은 착한 행동도 꼭 저렇게 빛날 거야!

셰익스피어

이름을 알지 못하는 착한 사람이 해 놓은 일은,
땅 속에 숨어 흐르며 남몰래 숲을 푸르게 해주는
수맥(水脈)과도 같다.

카알라일

악(惡)이라 해서 본래 지을 것 없고, 선(善)이라 해서 본래 받을 것 없네. 선도 악도 생각하지 말라. 오직 그 마음만 깨끗하게 하라.

법구경

부귀와 명예가 덕에서 오는 사람은 수풀 속의 꽃과 같이 번성하고, 부귀와 명예가 공덕에서 오는 사람은 화분에 심은 꽃과 같이 번성하고, 부귀와 명예를 권력으로 얻은 사람은 병에 꽂은 꽃과 같이 번성하지 못한다.

불경

선인(善人)은 생전에도, 사후(死後)에도 결코 악한 행실이 드러나지 않는다.

소크라테스

도덕은 종교와 분리해서 생각할 수 없다. 왜냐하면 도덕은 종교의 결과이기 때문이다. 도덕이란 항상 앞으로만 나아가는 것이다. 그리고 도덕은 언제든지 새로 다시 출발하는 것이다.

칸트

도덕에의 무조건적 복종은 노예적이며, 허영이며, 이기적이며, 체념이며, 음울한 광기이며, 사상을 버리는 것이며, 절망의 행위이다.

니이체

착한 일을 했음에도 그 이익됨이 보이지 않으나, 마치 풀 속의 새싹 같아서, 알지 못하는 사이에 이익됨이 저절로 늘어난다.

채근담

널리 들어 기억하고 도(道)를 사랑하기만 한다면
도는 반드시 얻기 어려울 것이요, 뜻을 지켜
도(道)를 행하면 그 도는 반드시 얻게 될 것이다.

법구경

신의(神意)에 부응하는 최대의
봉사는 사람들에게 선행을 베푸는 일이다.

프랭클린

힘은 정의다. 사회는 그 자신의 성장과 자기보존의 법칙을 유지하는 유기체로써 한편에 서고, 개인은 그 반대의 편에 선다. 사회의 이익이 되는 행동을 사회는 선덕이라 일컫고, 이익이 되지 않는 행동을 악덕이라 일컫는다. 사회에서의 선과 악이란 그 이상의 의미를 지니지 않는다.

모음

도덕은 선(善)이 무엇이라는 것을 알아서 행하
는 것이고, 도덕은 선(善)을 갈망하는 일에 의
해서 이루어진다.
페스탈로찌

인간이 만든, 악마에 대한 최대의 발명은 도덕적 법률이다.
짐멜

그대의 얼굴은 짓밟히더라도 그대의 마음만은 무엇에도 짓밟히지
말아야 한다. 어디까지나 그대의 눈을 안으로 뜨라! 그대가 찾는 것
은 그대의 마음속에 있다. 그대가 지금까지 발견하지 못한 새로운
것이 그대의 마음속에 있을 것이다. 그대의 마음속에서 얻은 것이
진정 그대의 소유물이다.
도글

다른 사람이 알지 못하게 한 선행이 가장 영예롭다.
파스칼

착한 마음을 갖지 않은 악인(惡人)이 없고,
악한 마음을 갖지 않은 선인(善人)도 없다.
에디슨

도덕은 개인적 사치이다.
헨리 아담스

인간의 본성은 원래 착하다. 그러나 자기의 과실을 인정하지 않고,
잘못된 자기를 인정하려고 하기 때문에 악인이 된다.
인도 격언

모든 일에 있어서 너그러우면 그 복이 저절로 두터워 지느니라.
명심보감(明心寶鑑)

신은 마음이 약한 사람들로 하여금 쇠기둥과 같은 굳
센 힘을 갖게 했다. 그 힘은 바로 선(善)이다.
슐러

이 사람이 악인이고 저 사람이 선인이니 하고 정할 때에는 반드시
그 밑에 자신의 편견이란 것이 숨어 있다.
대망경세어록

선(善)한 행동에는 당장의 성패(成敗) 이외에 보다 직
접적인 기쁨이 있다. 악(惡)한 행동에는 당장의 성패
이외에 보다 직접적인 두려움이 있다.
법구경

어진 사람은 어려움의 해결을 앞서 생각하고,
자신의 이익은 뒤에 생각한다.
공자

하루의 생활을 다음과 같이 시작하는 것은 무엇보다도 좋은 일이다. 아침에 눈을 떴을 때, 오늘 단 한 사람에게도 좋으니, 그가 기뻐할 만한 어떠한 일이 없을까, 이렇게 생각하는 것이다.
니이체

인간의 마음속에는 항상 선과 악이 대립된 양상으로 갈등한다. 이때 현자의 선은 악보다 강하고, 우자의 선은 악보다 약하다.
브하그완

우리의 육체가 지적(知的)인 일에 의해서 괴로움을 받는 것은 선(善)이 된다. 그러나 이와 반대로 지적인 힘이 육체적인 욕망 때문에 괴로움을 받는 것은 악이 된다.
탈무드

사랑하는 사이에서도 악함이 존재함을 알아야 하고, 미워하는 사이에서도 선함이 존재함을 알아야 한다.
예기(禮記)

선을 행하는 데는 하나의 길밖에 없다.
그것은 자기의 양심에 따라 행동하는 일이다.
보봐르

이 세상에는 도(道)가 둘인데 그것은 곧 선과 악이다. 착한 사람이라도 물욕에 마음이 어두워져 참다운 일을 하지 않으면 악한 사람이 되는 것이며, 악한 사람이라도 선한 일을 좋아하고 악한 일을 미워하면 선한 사람이 되는 것이다.
대학(大學)

도덕이란 우리의 야만성으로부터
갈라져 나온 일시적인 거짓말이다.
니이체

선량하며 총명한 인간은 자기보다 남을 더 훌륭하고 똑똑하다고 생각하고 있기 때문에, 다른 인간과 쉽게 구별되는 것이다.

톨스토이

일체의 행복과 일체의 만족은 소극적인 선(善)이다. 바꿔 말하면 이것은 단순히 욕구가 충족되고 고통이 멎었다는 것에 지나지 않는다.

쇼펜하우어

우리들이 모랄이라고 부르는 도덕의 규칙은 단순한 궤변적 유희에 지나지 않는다. 도덕은 각양각색의 행동에 나타나는 것이다. 도덕의 의의는 행동의 동기 가운데에만 있으며, 행동의 형식이나 색조*(色調) 가운데 있는 것은 아니다.

하이네

착한 일은 언제나 노력에 의해서 이루어진다.
노력이 반복되는 동안에 착한 일은 습관이 된다.

톨스토이

* 색조(色調): 빛깔의 강하고 약함, 짙고 옅음이 어울리는 정도.

드러난 악은 재앙이 얕고, 숨은 악은 재앙이 깊으며,
드러난 선은 공이 작고, 숨은 선은 공이 크다.
채근담

나 자신에 대한 장점만을 말해 주는 사람은 나의
적이요, 나 자신에 대한 단점을 말해 주는 사람은
나의 스승이다.
명심보감

선행이란, 악행을 행하지 않는 것이 아니라 악행
자체를 생각하지 않는 것이다.
버나드 · 쇼

다른 사람에게 선(善)을 베풀려는 사람은 은밀하게 행해야 한다.
블레이크

선행(善行)을 시작했다가 멈추는 것보다는
아예 시작하지 않는 것이 더 낫다.
비드

선의(善意)는 우주에서 가장 강력 한 힘이다.
도글

도덕이 인간을 위한 것이지, 인간이 도덕을 위한 것은 아니다.
코난도일

네가 착하기를 바란다면, 우선 네가 악하다는 것을 믿으라.
에픽테토스

우리는 선과 악을 모두 알지 않고서는 스스로를 위
한 바른 길을 자유롭고 현명하게 선택할 수 없다.
헬렌·켈러

험한 길을 걸어가면서 과연 이 길을 끝까지 걸어갈 수가 있을까 하고 의심하는 사람은, 도덕이란 것이 무엇인지 잘 알면서도 그 진실을 의심하는 것과 같다. 가는 길을 의심하면 그 길을 걸어갈 수가 없는 법이다. 우리는 앞 길이 절벽으로 통하는 한이 있더라도 그 길을 거침없이 걸어가는 것과 같이 도덕의 길을 지켜 나가야 한다.

불경(佛經)

지나치게 착한 것은 오히려 악한 것보다 못하다.

공자

어느 사람이건 악을 행했을 때는, 그 사람의 마음을 상하게 하며, 그 사람의 행복을 빼앗아가고 만다. 악(惡)은 늘 그 악을 행한 사람 자신에게, 갚음이 되어 돌아오기 때문이다.

불경

우리가, 우리의 깨끗한 마음을 가지고 그에 따라 행동할 때, 그것보다 더 부드럽고, 의롭고, 자비로운 것은 이 세상에 없을 것이다.

법구경

악과 선이 충돌하면 처음에는 악(惡)이 이기나 결국에는 선(善)이 이긴다.

동양 속담

선행이란 타인에게 베푸는 것이 아니라,
자기 자신에게 의무를 다하는 것이다.
칸트

남들이 당신을 우러러 보기 위한 목적으로 선행하지 말라. 그러한
선행에 대해서 신(神)은 당신을 돌보지 않을 것이다.
성서

착한 사람은 언제나 미숙한 사람이다.
마르티일리스

선행(善行)은 진공(眞空)에서 성취(成就)되지 않으며, 선
행(善行)은 타인과의 교제에서 사랑으로 선취 된다.
S·벨로우

선행의 실천이 아무리 작더라도, 불가능한 약속보다는 낫다.
머콜리

모든 선(善)한 자가 다 영리하고 모든 영리한 자가 다 선하다면, 이
세상은 우리가 생각 할 수 있는 것보다 훨씬 더 아름다울 것이련만,
그러나 이 두 가지는 전혀 합쳐질 수 없는 것이다. 선(善)한 사람은
영리한 사람에게 거슬리고, 영리한 사람은 선한 사람에게 무례한 것
이 보통이다.
워즈워드

선행을 기억해 두는 가장 좋은 방법은 새로운 선행을 자꾸 행하는 것이다.

카토

하나의 선행은 다른 선행을 부른다.

J·헤이우드

착한 사람은 탐하는 욕심이 없어 가는 곳마다 그 모습이 환하다. 즐거움을 만나도, 괴로움을 만나도, 늘 평상심을 유지한다.

법구경

선량한 사람치고 벼락부자가 된 사람은 없다.

푸블릴리우스 시루스

상위(上位)에 속하는 사람은 가르치지 않아도 선(善)하며, 중위(中位)에 속하는 사람은 가르쳐야 선해지고, 하위(下位)에 속하는 사람은 가르쳐도 선해지지 않는다. 가르치지 않고도 선하다면 그 사람은 성인(聖人)이며, 가르쳐도 선해지지 않는다면 그는 바로 어리석은 자이다. 이런 것을 헤아려 볼 때 선이라는 것은 좋은 것을 말하는 것이며, 선이 아닌 것은 나쁜 것을 말하는 것이다.

강절 소(康節邵)

착한 일을 하는 사람에게는 하늘이 복을 주시고,

악한 일을 하는 사람에게는 하늘이 재앙을 주시느니라.

공자

선(善)이 작다고 해도 행하지 아니하지 말며,

악(惡)이 작다고 해도 행하지 말라.

명심보감

한 평생 착한 일을 행하여도 착한 일은 오히려 부
족하고, 단 하루 악한 일을 행하여도 악은 스스로
남음이 있다.

마원(馬援)

착한 일을 보거든 목마를 때 물본 듯이 주저하지 말며, 악한 일을 보거든 봉사 같이 하라. 착한 일은 모름지기 탐내야 하며, 악한 일은 모름지기 하지 말아야 한다.

강태공

하루라도 착한 일을 생각하지 않으면,
모든 악한 생각이 저절로 일어나느니라.

장자

나쁜 일을 하여 하늘에 지은 죄는 빌 곳이 없다.

공자

하루 착한 일을 행하면 복은 비록 오지 아니하나 화(禍)는 스스로 멀어진다. 하루 악한 일을 행하면 화는 비록 오지 아니하나 복은 스스로 멀어진다. 착한 일을 행하는 사람은 봄 동산에 풀과 같아서 그 자라나는 것이 보이지 않으나 날로 더하는 바가 있고, 악한 일을 행하는 사람은 칼을 가는 숫돌과 같아서, 갈리어서 닳아 없어지는 것이 보이지 않아도 날로 이지러지는 것과 같다.

<u>명심보감</u>

나에게 착한 일을 하는 자에게도 착하게 대하고, 나에게 악한 일을 하는 자에게도 또한 착하게 대할 것이다. 내가 이미 남에게 악하게 대하지 아니하였으면 남도 나에게 악하게 대할 수 없을 것이니라.

장자

선인(善人)들은 예(禮)가 아닌 빛을 보지 않으며, 예가 아닌 소리를 듣지 않으며, 예가 아닌 곳을 밟지 않는다. 또한 선한 사람이 아니면 사귀지 아니하며, 의로운 물건이 아니면 취하지 아니한다.

내훈(內訓)

part 2

반성(反省)에 대하여

Analects of the World

회복될 수 없는 사건에 대해서 슬퍼하지 말라.
아이소푸스

닭이 울 때 일어나지 않으면 저녁에 후회가 있으리라.
쿠스노기 마사나리

쏟아진 우유를 보고 울지 않는 법이다. 지나간 것
은 다시 부를 수 없으니 말이다.
애른튼

젊었을 땐 후회의 씨앗을 즐거움으로 뿌리지만, 늙었을 땐 괴로움으
로 후회의 열매를 거두어 들이게 된다.
콜튼

잘못을 통하여 우리는 발전 할 수 있다.
차닝

우리들의 후회는, 우리들이 행한 악을 유감
스럽게 생각하는 마음이라기 보다는, 우리
들이 행한 악이 우리들을 불행하게 하지 않
을까 하고 불안해 하는 마음에서 온다.
라 로슈프코

과실을 거쳐 사람은
광명(光明)에 도달한다.

허버트

잘못을 저지르고도 이것을 고치지 않는 것,
이것을 잘못이라 부른다.

공자

회상은 나무와 같다. 신선할 때 심지 않으면
뿌리를 내리지 못한다.

샌트 부브

죽은 사람 앞에서의 참회는 원상복귀에 이르기 어렵다.
주니우스

신들에 대하여, 부모에 대하여, 자녀에 대하여, 스승에 대하여, 그리고 그대의 오늘에 이르기까지 유소년 시절을 돌보아준 사람들—친구, 친척, 지인에 대하여 그대는 어떻게 행동해 왔는가? 오늘에 이르기까지 그대의 언행 중에서 어느 누구도 해친적이 없는지 생각해 보라.
아우렐리우스

잘못을 저지르고서도 반성할 줄 모르는 사람은 하등(下等)의 사람이요, 후회하면서도 고칠 줄 모르는 사람도 하등(下等)의 사람이다.
소학(小學)

더 이상 후회할 일을 안하는 것이 진정한 후회이다.
마루틴 루터

후회할 일은 어느 것이든 시작하지 않도록 주의하라.
푸블릴리우스 시루스

후회—징벌(懲罰)의 충실한 시자(侍者)와 종자(從者).
비어스

고양이에게 잡힌 쥐는 후회하기에는 너무 늦다.
플로리오

고결한 마음의 소유자는 후회하는 것을 경멸하지 않는다.
호메로스

part 3

자유(自由)에 대하여

Analects of the World

자유와 진리를 위해서 싸우러 갈 때는 자신의 가장 좋은 바지를 입어서는 안된다.

입센

오늘날의 세계에서 투표는 탄환과 마찬가지다. 자유는, 투표에 의해서 한 발의 총성이 울리는 일도 없이 쟁취될 수 있다.

케네디

자유란, 신이 인간에게 베풀어 준 최대의 축복 중의 하나다.

세르반테스

어떠한 활동에 있어서나, 진실에 있어서나, 착함에 있어서나, 아름
다움에 있어서나, 동기 그 자체가 목적이 되는 것에 의해서 자유가
있고, 순수한 열락(悅樂)이 솟아나고 인생의 영원한 행복이 있는 것
이다.

법구경

완벽한 자유란 무엇인가?
자기 자신에 대해서 부끄러움이 없는 것이다.

톨스토이

인간은 자유를 위해 전진합니다. 자유가 얼마나 소중한가는 자유 때문에 목숨도 아끼지 않는 것으로 알 수 있습니다.

단테

우리들의 자유란, 자유롭게 되기 위해서 싸우는 자유로운 선택 이외에 아무것도 아니다. 그리고 이 정식(定式)의 모순된 양상이야말로 우리들의 역사적 조건을 나타내는 것일 따름이다.

사르트르

인간은 자기의 삶, 자기의 반항, 자기의 자유를 느끼되, 가능한 한 많이 느끼는 것이 진정한 삶이다.

까뮈

냉담성, 무력감은 자유에 있어서 가장 무서운 적이다.

러스킨

자유가 없는 인간은 생명을 잃은 인간으로밖에 생각할 수 없다.

톨스토이

죄악을 극복하는 곳에 도덕적인 선(善)이 있고, 도덕적 선(善)을 실행하는 곳에 완전한 자유가 있다.

법구경

자유란 수호자(守護者)를 망각하는 국민은,
그 국민 자신이 망각될 것이다.
쿨리지

완전한 자유는 완전한 행복과 같다.
또한 완전한 행복은 자기 자신만이 찾을 수 있다.
브하그완

개인의 자유는 제한되지 않으면 안된다. 개인의 자유
는 타인에게 방해가 되어서는 안되기 때문이다.
밀

절제 할 줄 모르는 사람은 자유인이 되지 못한다.
피타고라스

자유로 가는 길에는 많은 벽이 있고, 민주주의는 결
코 완벽하지 않다. 그러나, 자유로 가는 많은 벽을 극
복해야 완벽한 민주주의가 될 것이다.
케네디

과거의 무거운 그림자―종교, 조국, 유물론적 지식 등이 당신의 태
양을 덮고 있습니다. 태양을 구하여 전진하십시오. 자유는 저쪽에
있습니다. 저 성벽 뒤에, 편견과 사멸한 법물과 종교적인 허위……
등등의 탑 뒤에……
로망 롤랑

자유의 나무는 언제나 애국자의 피로 싱싱해져야 한다.
그것은 자유라는 나무의 자연적인 비료이다.

제퍼슨

그대는 자유인이라고 말할 수 있는가? 그것은 그대를 지배하고 있는 사상이지, 그대가 위험에서 도망쳤다는 것은 아니다. '무엇으로부터의 자유'라는 것 따위는 짜라투쉬트라에게는 아무래도 좋은 것이다. 그대의 눈이 나에게 확실하게 말해야 하는 것은 '무엇 때문에의 자유인가' 하는 것이다.

니이체

자유에의 길은 명령하기를 원하는 사람들보다, 복종하기를 원하는 사람들에 의하여 더 심하게 가로막혀 있다.

피터

참다운 자유란 보다 많은 사람에게 '자유'를 부여하는 일이다.
그 '보다 많은 사람' 속에는 물론 자기 자신도 포함된다.

브하그완

다른 사람의 자유를 부정하는 사람에게는, 이 지구 위에서도, 혹은 어떤 별나라에서도 결코 자유가 주어지지 않는다.

허버트

자유란 무엇인가? 자유란 어떠한 환경에도, 어떠한 속박에도, 어떠한 기회에도, 노예가 되지 않는 것을 뜻한다. 자유란 동등한 자격으로 억지로라도 운명의 신의 장부에 오르는 것이다.

세네카

자유의 의지를 부정하는 것은 도덕을 불가능한 것으로 만드는 것이다.

프로우드

자유란, 법률이 허용하는 것은 무엇이나 할 수 있는 권리이다.

몽테스키외

하나님은 언제나 자유를 사랑하고, 자유를 보호하고 방어할 준비가 되어 있는 사람들에게만 자유를 허락한다.

웹스터

매장(埋葬)된 황제보다는 자유로운 거지 생활이 더 낫다.

라 폰테이느

자유에 대한 사랑은 타인에 대한 사랑이요,
권력에 대한 사랑은 자신에 대한 사랑이다.

해즐리트

자유인은 적극적인 사고방식을 갖는다.
자유인은 자신의 운명을 스스로 개척한다.
슐러

타인들을 위해서 일하려는 자는 먼저 자유롭지 않으면 안된다. 사랑
조차도 만약 그것이 노예의 사랑이라면 아무런 가치도 없다.
로망 롤랑

우리는 독일 점령하에 있을 때 만큼 자유의 소중
함을 알았던 때는 없었다. 우리들은 우리들의 모
든 권리를, 우선 첫째 말할 권리를 잃어버리고 있
었다. 우리는 노동자로서, 유태인으로서, 정치범
으로서 대량으로 유형되었다……
사르트르

모든 자유 중에서도, 양심에 따라서 자유롭게 알
고, 말하고, 논할 자유를 나에게 달라.
밀턴

나는 남의 노예 노릇을 하고 싶지 않다. 그렇기 때문에 남을 노예로
부리는 사람도 되고 싶지 않다.
링컨

사상(思想)의 자유는 영혼의 생명이다.
볼테르

사랑의 희생이 없는 곳에서는 화초의 꽃
다운 향기도, 별들의 신비도, 하나의 어지
러운 고역 속의 티끌에 불과할 것이다. 사
랑의 희생이 없는 곳에 어디 자유의 법칙
이 있을 것인가?
법구경

어떤 경우에는 자유라고 일컬어
진 것이, 어떤 경우에는 방종으
로 일컬어진다.
퀸틸리아누스

자유가 생명이다. 세계의 다른 어
떤 민족보다도 영국인은 관료적 정
치로 지배되는 것을 승복하지 않을
것이다. 그들의 생명의 피는 자유
이기 때문이다.
처어칠

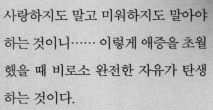

사랑하지도 말고 미워하지도 말아야
하는 것이니…… 이렇게 애증을 초월
했을 때 비로소 완전한 자유가 탄생
하는 것이다.
청담조사

자유는 외부로부터 주어지는 선물로서 한 사람 한 사람이 자유를 쟁취하는 작업에 참가할 때에 비로소 수중에 넣을 수 있는 것이다. 이 사실이…… 민주적 자유주의의 본질이다.
듀이

철학적 의미에 있어서의 인간의 자유를 나는 믿지 않는다. 모든 사람은 외적인 강제력하에서 뿐만 아니라, 내적인 필연성에 따라서도 행동한다.
아인쉬타인

일시적인 안위를 위해 영원한 자유를 단념한 사람은,
자유도 안위도 받을 가치가 없다.
프랭클린

자유와 주인은 용이하게 결합되지 않는다.
타키투스

이기적인 집단이 자유를 주창*(主唱)할 때
그것은 방종을 의미한다.
밀턴

* 主唱: 어떤 이론이나 사상을 내세워 주장함.

모든 인간이 자유인이 되기까지는, 어떤 사람도
완전히 자유인일 수는 없다.
스펜서

만일 어떤 나라가 자유보다도 다른 어떤 가치를 더 중히 여긴다면,
그 나라는 자유를 잃을 것이다. 만일 어떤 나라가 안락이나 금전을
자유보다 더 중히 여긴다면, 그 나라 자체도 잃을 것이라는 게 자유
의 본질이다.
스미드

자신의 자유를 포기하는 것은 인간의 자격, 인간
의 권리, 인간의 의무도 포기하는 것이다.
루소

인간은 자유롭게 태어나 어디서나 속박을 받는다.
루소

인간은 자유인으로 창조되었으며, 비록 속박 속에
서 살아간다 할지라도 영원히 자유를 추구한다.
쉴러

지나치게 많은 자유를 가지는 것은 좋지 않다.
마찬가지로 원하는 것 전부를 가지는 것도 좋지 않다.
파스칼

자유란 무엇보다 먼저 나 자신으로부터의 자유여야 한다.
로렌스

자유(自由)는 책임을 의미한다. 그러므로 대부분
의 인간은 자유(自由)를 두려워한다.
버나드·쇼

자유(自由)는 인간이 위대하다는 유
일한 근원(根源)이다.
사르트르

일시적인 유혹에 마음이 끌리고 물욕에 사로잡혀서
자기 마음속의 자유를 요구하는 넋이 있다는 것조차
깨닫지 못하고 산다는 것은, 영혼의 영원한 자유를 얻
는 것을 지연시키는 것이다.
라매에

내가 자유라고 부르는 것은 질서가 있는 자유이
다. 그러므로 질서와 의(義)로움 위에 존재하는 자
유만이 진정한 자유라고 할 수 있다.

워즈워드

아담은 사과가 먹고 싶어서 먹은 것이 아니다. 금지되어 있었기 때
문에 먹은 것이다.

마크 트윈

'할 수 있다'는 신념은 당신에게 진정한 자유를 가
져다 줄 것입니다.

슐러

자유롭다는 것은 자유일 수밖에 없도록 창조된 인
간에게 적합한 말이다.

사르트르

자유로운 사람이란, 죽음보다 인생(人生)에 대해서 더 많은 것을 생각하는 사람이다.
스피노자

인간(人間)은 자유를 얻은 후, 얼마 동안의 세월이 경과하지 않으면 자유를 활용할 방법을 알지 못한다.
머콜리

다른 사람이 어떤 길을 가든지 나는 알 필요가 없다. 그러나 나는 자유를 원한다. 그렇지 않으면 죽음을 달라.
패트릭·헨리

삶이 자유(自由)이듯 죽음도 자유(自由)이다. 죽음은 오히려 삶보다도 더 많은 자유를 가져다 줄 것이다. 왜냐하면 진정한 자유는 영혼의 세계에서만 가능하기 때문이다.
브하그완

노예 제도가 있는 곳에는 자유(自由)가 존재하지 않으며, 자유가 있는 곳에는 노예 제도가 존재하지 않는다.
쉴러

자유 속에서의 콩이, 속박 속에서의 달콤한 꿀보다 낫다.
허버트

자유를 옹호할 때의 과격주의는 악덕이 아니며,
정의(正義)를 추구할 때의 중용은 미덕이 아니다.

〈B·골드워터〉

싸우고 있는 것은 훌륭한 두 개의 문명입니다. 우리들은
우리들의 문명을 선택합니다. 우리는 자유(自由)가 침범
당하는 것은 참을 수 없습니다. 그리고 다른 한편의 위대
함을 볼 수 있을 정도의 자유로운 눈과 정신이 우리들에
게 남겨지기를!
로망 롤랑

나는 자유를 증오했던 것이 아니다. 나는 오히려 자유의 관념으로
길러졌다. 나는 자유와 동시에 평화를 갈망한다. 그러나 자유와 평
화를 위해선 승리의 길을 걷지 않으면 안된다.
나폴레옹

인간(人間)으로서의 존경을 무시당했을 때처럼 괴로운 일
은 없다. 남에게 귀속되는 것처럼 몸을 천하게 하는 일도
없다. 인간으로서의 자유는 우리들에게 있어서 당연한 것
이다. 그렇기에 인간의 존엄과 자유는 죽음보다 강하다.
시세로

오! 자유여, 얼마나 많은 혁명이 자유의 이름으로 일어났던가!

로망 롤랑

진정한 자유란, 자기 자신에 대해서 모든 것을 할 수 있는 것이다.

몽테뉴

자유는 새로운 종교이며 우리 시대의 종교이다.

하이네

자유는 쟁취하는 것보다 유지하는 것이 더 어렵다.

컬훈

베를린의 벽이 아무리 높아도, 인간의 자유에 대한
동경을 막아내지는 못한다.

케네디

오! 자유는 귀중한 것이다. 자유는 모든 인간에게 위안을 준다. 자유
롭게 사는 사람은 평온하게 산다.

J·바버

자유를 위하여 깨끗히 죽는 것은 하나의 승리이다.

토마스 캰벨

완전한 자유란, 살아있건 살아있지 않건간에, 완전
히 쟁취하게 된 때에 비로소 얻어지는 것입니다.
도스토예프스키

자유 · 정의 · 진리, 이것을 뺀다면 인간은 동물과 하등 다를 것이 없
다. 이 세 가지는 서로 유기적인 톱니바퀴처럼 굴러간다.
브하그완

인간은 다른 사람의 간섭을 받지 않는 자유,
자신의 권리를 침해받지 않는 자유를 갈망한다.
필리스 맥긴리

나는 나비처럼 자유를 구하고 있을 뿐이다.
나비는 자유다.
디킨즈

질서, 질서만이 자유를 만든다.
무질서는 예속을 만들 뿐이다.
페기

자유는 사람이 욕구하는 것을
행하는 데에 존재한다.
밀

자유란, 정착하면 성장이 빠른 식물이다.
워싱턴

애국의 피는 자유란 나무의 씨앗이다.
T·캠벌

자유, 그것은 돈으로 살 수 없는 전시장의 고귀한 전시용품이다.
흄

우리는 모든 면에서 자유를 누리고 있다. 그러나 자유의 고마움을 진실로 깨닫는 사람이 과연 몇 명이나 될지는 의문이다. 그래서 많은 사람은 방종하기 쉽다. 이 방종이야말로 자유의 크나큰 적이다.
아나톨·프랑스

자유란, 밝고 현명하게 유지하는 것이라고 생각합니다.
로망 롤랑

서로의 자유를 해치지 않는 범위 안에서 나의 자유를 주장하는 것, 이것이 자유의 법칙이다.
칸트

인간에게 있어서 가장 중요한 일은 아무 것에도 구속되지 않고 자유로우며, 타인의 의지가 아닌 자신의 의지로써 사는 일이다. 이렇게 살기 위해서 사람은 영혼을 위해 살지 않으면 안된다. 영혼을 위해 살려면 육체의 욕망을 눌러야 한다.
톨스토이

인간의 자유를 빼앗는 것은 폭군보다도, 악법보다도, 사실은 사회의 관습이다.

밀

모든 나라에서 자유가 번영하지 않는 한, 한 나라만으로 자유가 번영할 수 없다.

케네디

입법자이건 혁명가이건 완전한 자유와 평등을 약속하는 자는, 공상가 아니면 사기꾼이다.

괴테

우리의 생(生)이 계속되는 이상, 일정한 부자유는 있는 것이다. 일정한 부자유 속에서 자유롭게 자기를 표현하고 완성하는 것이 인생이다. 일정한 부자유 없는 자유가 있다면, 우리는 거기서 부자유 이상의 부자유의 고(苦)를 맛보아야만 될 것이다.

법구경

너무 지나친 자유는, 국가와 개인 모두를 과도한 노예성으로 인도한다.

키케로

자유롭고 싶으면 자신의 욕망을 누를 수 있도록 자신을 훈련시켜라.

톨스토이

사람은 스스로의 양심을 섬김으로써 자유인이 될 수 있다.
러스킨

완벽한 자유란 무엇인가? 티끌만큼도 자기 자신
에 대해서 부끄러움이 없는 것이다.
니이체

요즘 우리가 말하는 자유는 대인 관계에 있어서 나의 기본 인권을
유린당하지 않는 것을 뜻하는 것이지만, 그러나 여기서 말하는 자
유는, 일체 객관으로부터 완벽하게 해탈된 절대자유를 말하며, 상대
세계를 초월하여 천상천하에서 훌쩍 벗어난 자유를 말한다.
청담조사

자유는, 국민이 정부에 관심을 두는 곳에서만 존재한다.
W·윌슨

돈으로 얻은 자유는 돈이 나가면 함께 나가고, 권세와 지위와 미모
로 얻은 자유는 권세와 지위와 미모가 다하면 그 또한 따라 나가나
니, 이것은 허망한 자유에 불과하다.
법구경

나는 자유의 주인도 아니거니와 자유의 노예도 아
니다. 나는 나 자신을 위한 자유를 원한다.
사르트

자신의 양심에 충실함으로써 비로소 인간은 자유인이 된다.
페인

자유(自由)가 없었다면, 우리는 자유(自由)를 원하지 않았을 것이다. 또한 '영원'이 없었다면, 영원의 추구가 우리에게 생길 수 없었을 것이다.
법구경

인생에 직면해서(종교·신앙을 위해 맹목이 되지 말고) 이상주의자이고 또한 최후까지 이상을 지키는 사람, 그야말로 천 사람 중에서 한 사람밖에 없는 우리 마르비다와 같은 영웅적인 영혼입니다.
로망 롤랑

진실로 중대한 자유는 오직 하나입니다. 그것은 경제적인 자유입니다.
모옴

어떤 부류의 사람들은 자유는 자기제어(自己制御)가 아닌, 하나의 방종이라고 말한다.
밀턴

자기 자신을 통치할 수 없는 자는 자유롭지 못하다.
에픽테토스

사랑과 같은 자유는 가정에서부터 시작되어야 한다.
J·B·코우넌트

자유라는 것은 내 마음대로 행동하는 것을 의미하는 것이 아니다. 내 마음대로 행동하는 것은 혼란스러운 자기 마음을 그대로 내던지는 것밖에 안된다. 자유라는 것은 무엇보다도 자기 마음속을 정리하고 질서를 세우는 데서 시작한다. 자기 자신을 정리하지 않은 행동은 주인없이 멋대로 달리는 말과 같다. 질서와 목표가 없는 행동은 하나의 방종이다. 모든 자유로운 행동의 원칙에는 그 내부에 질서가 있고 뚜렷한 목표가 있다.
피타고라스

인간은 자유로운 존재로 태어났다. 그럼에도 불구하고 도처에서 쇠사슬에 묶여 있다. 남의 주인이라고 생각하는 자(者)도 그 사람 이상으로 노예인 것이다.
루소

자유는, 그 자신을 자유의 몸으로 이끌고 나아갈 만한 사람에게 깃든다. 그러므로 자유는, 누구나 지닐 수 있고 누릴 수 있는 사람이라면, 일생토록 반려자가 되어 준다.
칸트

자유(自由)를 사랑하지 않는 인간은 존재하지 못한다. 정의를 사랑하는 사람일수록 모든 사람을 위해서 자유를 요구 하고, 부정한 사람일수록 자기자신만을 위해서 자유를 요구한다.
베르네이유

개미는 날개를 가지고 태어났고 그 날개 또한 사용할 수도 있다. 그리고 날아다닐 수 있다는 그 영광과 기쁨과 즐거움도 알고 있다. 그런데 개미는 스스로 그들의 날개를 떼고 기어다니는 곤충으로서의 그들의 생을 결정했음을 보여 준다. 신(神)은 개미에게 공중을 무한하게 날아다닐 수 있는 영광(자유)을 주셨음에도 개미는 기어다니는 곤충으로서의 삶을 택한 것이다. 당신은 당신 스스로를 헐값에 팔아버림으로써 개미와 같은 과오를 범하지 않도록 하라. 당신의 인생은 당신 자신의 선택에 달려 있다.
슐러

part 4

결혼(結婚)과
탄생(誕生)에
대하여

Analects of the World

결혼은 인생의 고독을 해결해 주지 못한다.

체홉

'결혼하는 자는 바보이다' 이것이 나의 금언(金言)입니다. 그러나 바보를 아내로 맞이해 가지 않는 자는 더욱 바보입니다.

위치얼리

교양이 풍부한 사람은 남을 한 번 보고,

자기 뜻에 맞는지 안 맞는지 금방 알 수가 있다.

체스터필드

성급하게 한 결혼은 절대로 잘될 수가 없다.

셰익스피어

거리에서는 천사(天使)요, 교회에서는 성인(聖人)이며, 가정에서는
악마인 아내에게서 우리를 구원해 주소서.
C·H·스퍼전

열렬하라. 그러나 순결하라.
요염스러워라. 그러나 정숙하라.
바이런

결혼은 남녀가 서로 즐기기 위해서 만들어낸 것이 아니
다. 결혼은 남녀가 창조하고 건설하고, 행복하기 위해서
만들어진 결합이다.
알랑

항상 나에게 결혼 행진곡은 전투에 나가는
군대 행진곡을 생각나게 한다.
하이네

사랑하는 여자와 행복하게 살기 위해서는 하나의 비결이 있다. 그
것은 그 여자를 있는 그대로 받아들이는 것이다. 참을 수 없는 버릇
을 고쳐 주려고 하면, 행복이 당장 무너지고 말 것이다. 그녀의 결점
은 그 여자의 천성에서 연유한다는 것을 알아야 한다.
샤르돈느

결혼은, 최대의 유혹과 최대의 기회의 결합이기 때문에 인기가 있다.
버나드·쇼

나는 사람들이 물건을 선택할 때 신중하고, 교활하다는 것을 알고 있다. 그러나 이 가장 교활한 사람들조차도 자기 아내는 살펴보지도 않고 선택하고 있다.
니이체

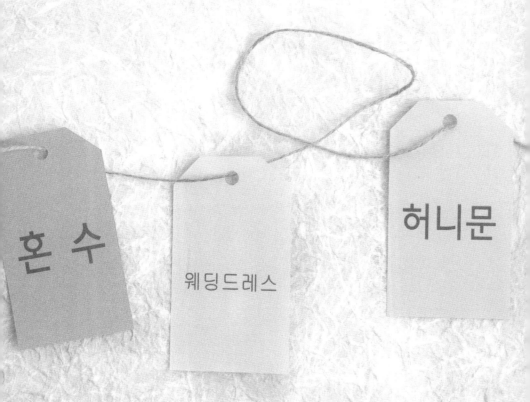

서로가 공경하며 삼가하고 예(禮)를 바르게, 행동을 무겁게 하고 난 후에, 행하게 되는 것이 혼례의 기본 원칙이다.
내훈(內訓)

행복한 결혼이 적은 이유가, 행복한 결혼이 얼마나 귀중하고 위대한 것인가를 알려주는 증거이다.
몽테뉴

조그마한 기쁨! 참으로 순수하고, 깨끗하고, 알뜰한 행복이란, 커다란 부귀영화보다 조그마한 기쁨에 있다. 시샘도 없고 티끌도 없는 조그마한 기쁨에.
법구경

결혼은 토론으로 얼룩지는 긴 회화(會話)이다.
쉴러

긴 대화로써의 결혼생활―결혼 생활에 들어갈 때는 이렇게 자문해 보라 ― '나는 이 여자와 늙도록 함께 대화를 즐길 수 있는가?'라고. 결혼생활에 있어서 다른 모든 것은 일시적이지만 함께 있는 시간의 대부분은 대화로 이루어진다.
니이체

결혼하기 전에 열 번도 스무 번도 백 번도 생각해 보는 것이 좋다. 정신적 교감과 성(性)적 교섭으로 자신의 인생과 남의 인생을 함께한다는 것은 극히 중대한 일이기 때문이다.
톨스토이

아내없는 남자는 몸이 없는 머리통이고,
남편없는 여자는 머리통 없는 몸과 같다.

독일 격언

마음내키지 않은 결혼을 한 여자는 처가 아니라 원수이다.

플라우투스

어진 아내는 그 남편을 귀하게 만들고,
악한 아내는 그 남편을 천하게 만든다.

명심보감

훌륭한 결혼이란, 서로가 상대방을 자기의
고독에 대한 보호자로 임명하는 결혼이다.

릴케

두 딸을 데리고 있는 미망인의 결혼은 세 사람의
도둑과 결혼하는 것이다.

벤덤

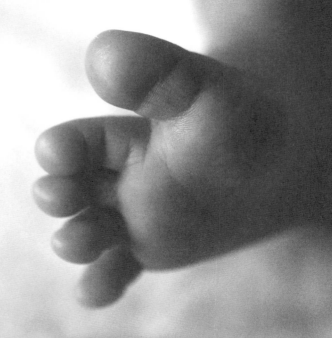

당신과 가까이 사는 여자와의 결혼은 주의하라.
헤시오도스

육체가 아니라 정신이 결혼 생활을 지속시킨다.
푸블릴리우스 시루스

결혼은 3주 간 서로 공부하고, 3개월간 서로 사랑하고, 3년 간 서로 싸우고, 30년 간 서로 관대히 봐준다.
H·테인

민첩한 아내는 행동이 느린 남편을 만든다. 뜻에 거슬리는 결혼은 지옥이나 다름없다. 또한 뜻에 거슬리는 결혼은 끊임없는 싸움의 시작이다.
세익스피어

결혼 생활에서 아내를 어떻게 다룰지 모른다는
것은 얼마나 비참한 일인가.
콜맨

진실하게 맺어진 부부는 젊음의 상실도 불행이 아니다. 함께 늙어가
는 즐거움이 나이 먹는 괴로움을 잊게 해준다.
모로아

부부 사이는 함께 있으면 냉각(冷却)해지는 것이다.
몽테뉴

그대가 좋은 아내를 맞이한다면 행복한 사람이 될 것이다.
소크라테스

여자는 남편을 선택함에 있어서 절대적인 권리를 소유하고 있다.
톨스토이

결혼생활이 평화로우면 이 세상이 낙원이요,
결혼생활이 싸움이 잦으면 이 세상이 연옥이다.
작자미상

인생에서 가장 신성한 행복은,
행복한 아내와의 성(聖)스런 결혼생활이다.
홈즈

결혼을 하려거든 자기와 같은 신분의 집안과 혼인하라. 만약 자기
보다 신분이 높은 사람과 결혼하게 되면 그 사람이 자기의 배우자
로 보이는 것이 아니라 주인처럼 보일 것이다.
크레오부르스

결혼은 현명한 사람이나 어리석은 사람이나
모두 '동경'과 '후회'를 경험하는 코스이다.
서양 속담

한 번 결혼해 버리면 선량한 일 이외에는
어떤 일도, 심지어 자살마저도 할 수 없다.
스티븐슨

살아 있는 자는 고통이 있고, 생각하는 사람은 비통
이 있고, 오직 태어나지 아니한 자만이 복이 있다.
M · 프라이어

남자는 여자에게 구혼(求婚)할 때만 봄이고, 부부가 되어버리면 겨
울이다. 여자는 처녀로 있는 동안에는 5월의 꽃피는 시절과 같지만,
결혼을 하면 12월의 동절기와 같다.
세익스피어

못생긴 아내의 남편은, 평생토록 장님으로 있는 편이 낫다.
사디

우리는 태어나자마자 죽음을 향해 달려가고,
죽음의 끝은 새로운 삶과 연결되어 있다.
마닐리우스

우리는 태어날 때 운다. 그러나 죽을 때는 울지 않는다.
올드리치

모두가 훌륭한 처녀들이었는데, 언제부터 악
처가 되었을까?
T·플러

아내는 끊임없이 남편을 섬기는 것으로서 남편을 지배한다.
T·플러

결혼을 위한 사랑은 인간을 성숙하게 하고, 우정어린 사랑은 인간을
완성하게 하며, 음탕한 사랑은 인간을 더럽히고 천하게 만든다.
베이컨

연애가 상대를 쾌락의 대상으로 삼는 것에 비해,
결혼은 상대를 성숙함의 대상으로 삼는다.
발자크

결혼은, 귀여운 약혼자를 사나운 아내로 변하게 한다.
러시아 속담

애정이 없는 결혼 생활은 신앙심이 없으면서 하나님께 예배하는 것과 같이 인간에게는 더할 나위 없이 비정하고 무의미한 행위이다.
체홉

부부란 하나로서 전체가 되는 것이다.
고흐

여자는 얼마나 고독한 것인가? 자식 이외에 여자가 의지할 것은 아무것도 없다. 그리고 그 자식마저도 항상 여자가 의지하기에는 부족하다.
로망 롤랑

처녀는 부모를 기쁘게 하기 위해서 결혼하고,
과부는 자기 자신을 기쁘게 하기 위해서 결혼한다.
스카브로

애정이 없는 결혼은 야합(野合)이다. 그러나 야합이 애정을 낳는 수도 있다. 애정의 합일적 완성(合一的完成)은 결혼이다. 하지만 결혼이 곧 애정을 죽이는 수도 있다.
법구경

남자는 결혼해서 여자의 현명함을 알고,
여자는 결혼해서 남자의 어리석음을 안다.
하세가와 죠세깐

때때로, 최상의 남자보다 더 나쁜 남편은 없다.

셰익스피어

확실히 결혼이란, 서로간의 오해로 인해 이루어지
는 것이다.

와일드

남편의 용감성이 허세 뿐이며, 남편의 힘이 제복(制服)뿐이며, 남편
의 권력이 바보의 손에 쥐어진 총에 불과하다는 것을 발견하는 아
내만큼 불행한 사람도 없다.

펄·벅

여자는 천사(天使)이지만, 결혼하면 악마가 된다.

바이런

인생의 어려움은 서로 잘 모르는 두 사람이 부부라는 이름 아래서
이중의 고독 속으로 갑자기 뛰어드는 신혼여행과 함께 시작된다.

모로아

여성이 세 사람의 구혼자를 거절하면, 그 뒤에는
스스로 나서서 구혼을 해야 한다.

스웨덴 격언

연애건 결혼이건 함께 사는 여자에게 생각하는 바를 그대로 전할 수 있는 행복을 가진 남자가 있을까? 고생을 함께 나눌 선량한 여자는 곧 발견될 것이다. 그러나 그가 언제나 그의 사상을 이해시키기 위해서는 그의 사상을 돈으로 바꾸어야 한다.
스탕달

여자는 어쩌면 선량한 남편을 만들어내는 천재일지도 모른다.
발자크

남편과 아내는 최후엔 비슷한 사람이 된다.
홈즈

행복한 결혼은 결혼 때부터 죽을 때까지, 결코 지루하지 않은 긴 대화와 같은 것이다.
모로아

남편의 죽음에 대한 슬픔은,
팔꿈치 속의 아픔과 같이 매섭고 짧다.
T·플러

결혼은 사악(邪惡)하지만, 결혼은 필요한 사악이다.
메난드로스

결혼한 남자의 일생에서 가장 좋은 날은 이틀 뿐이다. 결혼하는 날과 자기 아내를 매장하는 날이다.
합포닉스

이혼은 지극히 자연스러운 것이며, 매일 밤 많은 가정에서는 이혼이 부부 사이에 잠들어 있다.
상포르

결혼은 과학이다.
발자크

죽음을 슬퍼해서는 안된다. 탄생이야말로 슬퍼해야 할 일이다.
몽테스키외

결혼에 성공하는 가장 중요한 조건은 영원한 결합을 맺고 싶다는 참다운 의지이다.
모로아

결혼이란 만들어 놓은 행복의 음식을 먹는 것이 아니다. 결혼이란 앞으로 둘이서 노력하여 행복의 음식을 만들어 먹는 것이다.
피카이로

연애는 누구나 좋아하는 사람과 할 수 있다. 하지만 결혼은 언제나
함께 보조를 맞추어 갈 수 있는 사람이어야 한다.

헤르만 헤세

인간적인 친교 가운데서 가장 필요하고
가장 유용한 것은 결혼일 것이다.

몽테뉴

좋은 남편은 결코 밤에 빨리 자지 않으며
또한 아침에 일찍 눈을 뜬다.

발자크

아무런 소용도 되지 않을 노인이 되고나서 결혼할
일이다. 청춘의 결혼은 자신이 지니고 있는 숭고한
유전자가 모두 엉망이 되어 버리기 때문이다.
　톨스토이

모든 경계를 지워버리고 성급하게 하나의 공동생활을 만드는 것이
결혼의 목적이 아닙니다. 오히려 서로가 상대에게 고독의 감시인일
것을 요구하며, 서로를 위해 부여하지 않으면 안될 최대의 신뢰를 상
호 증명하는 것이야말로 훌륭한 결혼이 아닐까 나는 생각합니다.
　릴케

연애할 때는 꿈을 꾸지만, 결혼하면 잠을 깬다.
　포우프

아내란 자신이 만들어 낸 작품이란 것을 남편은 알아야 할 것이다.
　발자크

훌륭한 남편이 훌륭한 아내를 만든다.
　R·버튼

혼인의 예의(禮義)는 모든 예(禮)의 근본이다.
　내훈

남자의 일생에서 위해 가장 좋은 것은 좋은 아내를 선택하는 것이고, 남자의 일생에서 가장 나쁜 것은 나쁜 아내를 선택하는 것이다.
J · 헤이우드

가장 조용한 남편은 가장 사나운 아내를 만든다. 남편이 조용하면 아내는 사나와진다.
디즈레일러

세상에는 나쁜 남편이 매우 좋은 아내를 가지고 있는 것을 흔히 볼 수 있다. 이것은 나쁜 남편의 친절이 어쩌다가 아내에게 수용되어 그것이 높게 평가되어서 그런 것일까? 아니면 아내가 자기의 인내를 자랑으로 삼기 위해서 그런 것일까? 아내가 나쁜 남편을 주위의 반대에도 불구하고 선택했을 때는 반드시 후자(後者)일 것이다. 왜냐하면 그녀는 스스로의 어리석음을 반드시 관철하려고 하기 때문이다.
베이컨

결혼—어떠한 나침반도 일찍이 항로를 발견한 적이 없는 항해.
하이네

만약 그 여자가 남자였더라면 틀림없이 벗으로 삼았을 것이라고 생각되는 여자가 아니거든, 아내로 삼지 말라!
쥬베르

성실한 결혼 생활을 영위함은 좋은 일이다. 그러나 그보다 더 좋은 일은 아주 결혼을 하지 않는 일이다. 이렇게 할 수 있는 인간은 좀처럼 드물다. 하지만 이런 인간이 더 행복하다.
톨스토이

나 자신은, 만약 내세가 있다고 한다면 오직 한 사람, 나의 아내였던 사람 이외에는 이 세상에서 서로 알게 된 어느 누구도 절대로 다시 한 번 만나고 싶지는 않습니다. 이것은 내 아내가 나 자신에게 최상의 삶의 본질을 이루고 있었다는 것, 그리고 그녀가 없어지고 나서는 더 이상 삶이 완전하지 못하다는 증거입니다.
힐티

부유한 여자와 결혼하는 가난한 남자는, 아내가
아니라 지배자(支配者)를 얻는 것이다.
아낙산드리데스

돈 없는 연인의 결혼은 모험이다.
버나드·쇼

여자가 남자의 포옹으로써 만족하지 못할 때,
평화 속에 있어도 다툼이 많다.
사디

결혼은 멋진 일이지만, 결혼이란 보편적인 관습 자체는 반드시 옳은
것은 아니다.
모음

외로이 혼자 사는 사람은 가장 초라한 인간으로 사는 것이다.
뮐밀러

음양의 성질이 다르고 남녀의 행실이 달라서, 양은 강(剛)한 것을 덕으
로 삼고 음은 부드러운 것을 용(用)으로 삼아, 남자는 강한 것을 귀하
게 여기고, 여자는 약한 것을 아름답게 여긴다. 이 때문에 세간에 전해
오는 말 가운데 '아들은 이리같이 낳고서도 오히려 연약할까 두려워하
고, 딸은 쥐 같이 낳고서도 오히려 호랑이 같을까 걱정한다'고 하였다.
내훈(內訓)

좋은 아내를 얻으려면, 화려한 춤 속에서 택할 것
이 아니라, 밭에서 일하고 있는 여자 중에서 택해
야 할 것이다.
프리보이

아내와 아이를 가진 남자는 운명에 몸을 저당 잡힌 것과 같다.
베이컨

어쨌든 결혼을 하라. 만약 당신이 착한 아내를 얻는다면 당신은 매
우 행복하리라. 만약 당신이 악한 아내를 얻는다면 당신은 틀림없
이 철학자가 될 것이다.
소크라테스

어떻게 4개월 간의 교제가 일생을 보장할 것인가?
루소

아내가 울타리를 만들어 남편을 붙들어 매기에 정신 없
는 결혼 생활은 행복하지 못하다.
스위프트

더 없이 온순한 남편은, 더욱 사나운 아내를 만든다.
독일 속담

여자는 그 남편의 심혼(心魂)이 된다. 이것을 아내라고 한다.

히도파테스

여자로서는, 자기가 사랑하는 남자를 남편으로 맞이 하는 것보다,
자기를 사랑해 주는 남자를 남편으로 맞이 하는 것이 좋다.

아라비아 격언

여자에게 있어서 단 한 가지 소원이 있다면 그것
은 행복한 결혼생활이다.

몽테를랑

결혼은 남편에게는 지혜를, 여자에게는 정숙함을 요구한다.

허버트

죽음으로써 모든 비극은 끝나고,
결혼함으로써 모든 희극은 끝난다.

바이런

결혼을 하기 전에는 두 눈을 크게 뜨고,
결혼을 한 뒤에는 두 눈을 꼭 감아라.

T·플러

결혼은 본능에 부합된 하나의 제도이다.

모로아

남자는 심심하기 때문에 결혼을 하고, 여자는 호기심 때문에 결혼을 한다. 그리고 남, 녀 모두 실망한다.

와일드

결혼은 마치 새장과도 같다. 새장 밖에 있는 새는 애써 안으로 들어가려 하고, 새장 속에 있는 새는 애써 밖으로 나오려고 한다.

몽테뉴

즐거운 결혼식은 있지만, 즐거운 결혼 생활은 좀처럼 찾아볼 수 없다.

라 로슈프코

부귀를 위해서 결혼하는 사람만큼 나쁜 사람은 없으며, 연애를 위해서 결혼하는 사람만큼 어리석은 사람은 없다.

사무엘·존슨

독신자는 결혼한 사람들이 가지는 생의 일부분을 갖지 못한다. 왜냐하면 그는 하나의 불완전한 인간이고, 한쪽 날만 있는 가위와 같기 때문이다.

프랭클린

결혼 생활에 지나치게 행복을 기대하여 실망하지 않도록 하라. 뀌꼬리는 봄에 2~3개월 동안은 울지만 알을 까고 난 뒤에는 내내 울지 않는다는 것을 기억해 두어야 한다.
토머스·파이터

연애결혼은, 잘못을 아버지로 하고,
어쩔 수 없는 필요를 어머니로 한다.
니이체

세상에는 남편과 아내가 서로 진절머리를 내면서도, 이런 결혼 생활을 몇 십 년이나 같이 하고 있는 부부가 많이 있는데, 이것은 그들 사이에 완전한 파탄도 완전한 합치도 없었다는 것을 의미한다.
톨스토이

남편이 바람을 피웠다고 해서, 부인이 안락한 가정과 상당액의 재산과 자신을 위해서 불쾌하고 싫은 것들을 대신 처러 주는 남편을 곁에 둔다는 유리한 조건까지 포기해 버리는 이유를 나는 알 수 없다.
모음

사업도 그렇지만 나는 어떤 일에도 실패를 용납하지 않는다. 그래서 실패한 결혼은 곧 이혼해 버리고 몇 번이라도 다시 시작하는 것이다.
폴 게티

부부 생활은 끊임없는 인내가 필요하다.
니이체

장가들고 시집갈 때 재물을 가지고 이야기하는 것은 오랑캐 지역의
도리다. 그래서 점잖은 군자는 그런 지역에 들어가지 않는다. 옛날
에는 남자와 여자가 서로 그 덕을 존중하였을 뿐, 재물을 가지고 예
(禮)를 삼지는 않았다.
문중자(文中子)

추녀(醜女)와 결혼하면 그녀는 그대와 영원할 것이며,
미인(美人)과 결혼하면 그대는 그녀를 간수하지 못하리라.
비온

서둘러 결혼하면 한가할 때 후회할지도 모른다.
콘그리브

남자들이 여자들을 만나면 남자들은 먼저 여
자들의 얼굴을 본다. 그러나 여자들은 남자
들의 정갈한 옷차림을 본다.
포우

남자는 많이 알면 알수록, 또 여행을 많이 하면 할수록, 순박한 시골
소녀와 결혼하고자 한다.
버나드·쇼

대체로 혼인을 의논하는 데는 먼저 그 사위 혹은 며느리의 성품과 행실과 그 집안의 가법(家法)이 어떠한가를 살펴야 하는 것이다. 외적으로 부유한 재산이나 높은 지위를 추앙하여서는 안된다.
사마온공(司馬溫公)

결혼—그것은 두 마음을 하나로 만들려는 두 사람의 의사다. 서로의 두 마음이 하나됨으로써, 어려운 역경을 극복해 나가는 것을 나는 결혼이라고 부른다.
니이체

사랑이 없는 결혼은 결혼이 아니다. 애정만이 결혼을 신성화하는 것이며, 애정에 의해서 신성화된 결혼이 진정한 결혼이다.
톨스토이

부부나 연인끼리의 문제에는 결코 말 참견을 하는 것이 아니다. 거기에는 세상 사람 누구도 알지 못하는 둘만의 비밀이 있는 것이다.
도스토예프스키

현명한 남자를 다루는 것이 이지적인 여자라면,
어리석은 남자를 다루는 것은 현명한 여자다.
키플링

때때로 멋있는 것을 말하기 보다는 매일 재치있게 되기가 더 어렵다는 이유에서 남편보다는 연인이 되는 것이 쉽다.

발자크

처자(妻子)를 사랑하지 않는 남자는, 집안에 암사자를 기르는 것이며, 슬픔의 둥지에 알을 까는 것이다.

테일러

저는 저의 처를 행복하게 해주고 싶습니다. 그러나 그녀의 재산으로 행복하게 되고 싶지는 않습니다. 저희들 가난한 자는 사랑하고 사랑받는 아내를 선택해야 할 뿐 아니라 그런 사람을 얻을 권리가 있으며, 그렇게 될 것이며, 또한 그렇게 바라고 있습니다.

모짜르트

어떠한 남자도 생애 한 번은 우행(愚行)을 저지르기 마련이지만, 긴긴 전 생애를 통한 우행(愚行)은 결혼생활이다.

콩그레브

결혼애(結婚愛)는 인간을 만들고,
우애(友愛)는 인간을 완성한다.

베이컨

되도록 빨리 결혼하는 것이 여자의 의무이며, 되도록 오래 독신으로 있는 것이 남자의 의무다.
버나드·쇼

결혼 생활에 있어서 고통보다 즐거움이 많다고 결코 말하지 말라.
에우리피데스

결혼의 파탄은 부부의 한 편이 다른 한 편의 자아를 손상시키는 데서 발생한다.
노만·필

그녀의 가슴에 미래 남편의 모습이 떠올랐다. 그것은 특수한, 전연 별개의 행복한 세계로 홀연히 그녀를 납치해갈 미덥고 든든한, 모든 것을 정복할 듯한 불가해한 매력을 갖춘 존재였다.
톨스토이

연약한 그릇을 대하는 것처럼, 그대들의 아내를 귀하게 대하라.
신약성서

결혼이 다른 어떠한 형식의 결합보다도 뛰어난 점은, 결혼이 서로의 생애를 마칠 때까지 동화(同和)하는 시간을 준다는 점이다.
모로아

아내는 남편이 요구하는 이상으로 아름답게 되려
고 해서는 안된다. 오히려 타인에게는 추녀라고
생각되게 하라.

몰리에르

결혼이란 당신들의 모든 노력과 정성을 기울여야만 한다.

입센

part 5

여행(旅行)에
대하여

Analects of the World

당나귀가 여행을 한다고 해서, 말이 되어 돌아오지는 않는다.
서양 격언

신(神)을 만나려거든 내면의 여행을 떠나라.
브하그완

산에는 깊은 우정이 있다.
덴징

바보는 방황하고, 현명한 사람은 여행한다.
T·플러

여행은 현명한 사람을 더욱 현명하게 만들고, 바보를 더욱 어리석게
만든다.

T·플러

여행길의 즐거운 벗은 음악이다.

J·레이

사람이 여행을 하는 것은 목적지에 도착하기 위해서가 아니라, 여행
자체를 하기 위해서이다.

괴테

여행은 인간을 겸허하게 만든다. 세상에
서 인간이 차지하는 위치가 얼마나 사소
한 것인가를 깨닫게 해준다.
프리벨

당신들은 낚시를 함으로써 정신적인 침착성의 부여와 겸양
과 미덕이 있는 축복의 세계를 발견하게 될 것이다.
월튼

여행은 인내심을 길러준다.
디즈레일리

마음의 불안을 가라 앉히려면, 아름다운 경치를
보거나 산에 오르라.
에머슨

산을 오른 적이 없는 사람에게 지구는 절망적인 모습으로 보일 것
이다.

타고르

여행은 우리에게 관용을 가르친다.

디즈레일리

고통을 잊는 것은 고통을 없애는 것이요, 근심을 잊는 것은 근심을
없애는 것이다. 여행은 고통과 근심을 잊게 한다.

마크 트웨인

자기가 하고 싶은 대로 생각하고, 느끼고, 행동하는 완전한 자유를
주는 것이 여행이다.

해즐리트

여행은 그대에게 적어도 다음의 세 가지 유익함
을 가져다 줄 것이다. 첫째, 타향에 대한 지식 둘
째, 고향에 대한 애착 셋째, 그대 자신에 대한 발
견이다.

브하그완

어린 시절의 여행은 교육의 일부이며,
성인의 여행은 삶의 경험의 일부이다.
베이컨

여행은 사람들을 더욱 현명하게 만들어 준다.
제퍼슨

여행자는 능동적이다. 그는 사람을 조사하고, 모험을 탐색하며, 경험
을 쌓는데 분발한다. 관광객은 수동적이다. 그는 자기에게 일어나는
일이 흥미 있는 것이기를 바란다. 그는 오직 관광만을 한다.
버스틴

여행의 좋은 동반자는 여행의 피로를 잊게 한다.
푸블릴리우스 시루스

여행과 변화를 사랑하는 사람은 미래가
있는 사람이다.
바그너

여행에서 돌아오면 고향의 연기조차 달콤하고 기분 좋은
것이 된다.
크리포에도프

part 6

고독(孤獨)에
대하여

Analects of the World

이 무한한 공간의 영원한 침묵은 나에게 공포를 일으키게 한다.
파스칼

고독한 그대 안에 격렬한 투쟁과 마찰이 일어나게
하라. 내면의 끝없는 투쟁으로 그대를 둘러싸고 있
는 고독의 사슬을 풀어라. 그렇지 않으면 그대는 영
원한 어둠의 함정 속으로 굴러 떨어질 것이다.
브하그완

고독이란, 운명이 인간을 자기 자신으로 끌어들이기 위한 하나의 길
에 불과하다.
헤르만 헤세

인간의 영혼은 고독하다. 고독은 견딜 수 없는 것으로 오직 종교의 선구자들이 말하는 사랑에서 오는 강렬한 감정만이 고독을 견디어 낼 수 있다. 어떤 사람의 감정도 종교적인 사랑에서 우러나지 않을 때에는 해가 되는 것이며, 종교적인 사랑에서 우러나더라도 고독은 쓸모없는 것이다.

러셀

가장 이상적인 인간은 최대의 고독과 침묵 속에서 최강의 활동력을 찾아 내는 사람이며, 최강의 활동력 속에서 고독과 침묵을 인식하는 사람이다.

비베카난다

인간은 누구나 자기 성숙을 위해서 '히말라야' 산정에 혼자서 있는 바위와 같은 고독을 맛보지 않으면 안된다. 그러나 그 고독은 은둔의 고독이 아니요, 중인의 한복판, 원수들 속에서 투쟁하면서 견디어가는 고독인 것이다. 이 고독은 잔인하지만 광영이다. 이것은 시련자에게 주어진 최초의 시련이요, 신의 축복이 머리 위에 있기 때문이다.

법구경

인생이란, 깊은 고독 속에서 살아가는 것이다.

헵벨

신(神)은 인간을 창조했다. 그런데 아직 인간에게 고독
이 부족하다고 여겨서 배우자를 만들어 더 한층 고독을
알게 해주었다.
솔로우

우주가 얼마나 큰 것인가를 가르쳐
주는 것은 거대한 고독 외에는 없다.
까뮈

하늘은 나만을 덮어주지 않고, 땅은 나만을
위해 있지 않다. 해와 달 또한 나만을
비춰주는 것이 아니다.
예기(禮記)

115

고독한 진리는 부싯돌에서 발하는 불꽃처럼 열정적이고, 격렬하고, 순간적이다. 그것은 사라지는 것인가? 아니, 그렇지 않다. 그것은 하나의 별이 저편의 지평에 불을 켜는 것과 같이 다른 하나의 영혼에 닿는 것이다.

로망 롤랑

고독해서 어떻게 살아갈지 알지 못하는 사람은, 분주한 군중의 집단 속에서도 어떻게 살아갈지 알지 못한다.

보들레르

인간이 사회적으로 서로 결합되는 것은, 인간의 약함 때문이다. 우리 마음에 인간애를 느끼게 되는 것은 우리들의 공통된 비참 때문이다. ……애착은 모두 무엇인가 부족하다는 것의 표출이다. 이렇게 우리들의 약함 그 자체에서 우리들의 덧없는 행복이 생긴다. 진정 행복한 존재는 고독한 존재이다.

루소

우리는 여러 사람과 어울리지 않는 사람을 보고 고독한 사람이라고 한다. 그러나 이것은 숲을 산책하지 않는다고 해서 산보를 즐기지 않는다고 생각하는 것과 같은 오해이다.

상폴

고독을 즐기는 마음이란, 대개 깨끗한 것, 바른 것이 아니면 더러운 것, 비뚤어진 것이다. 강한 자(者) 아니면 약한 자(者)이다.
법구경

　　　　　　누구 한 사람 아는 사람이 없는 숲속에서 잘 때만큼 심하게 고독을 느낄 때는 없었다.
　　　　　　괴테

여러 사람과 함께 어울리면 미인 중의 미인이라도, 군자 중의 군자라도 금방 싫증이 나고 정신이 산만해진다. 영원히 사랑할 것은 고독 외에는 없다. 고독만큼 영원한 친구는 없다.
솔로우

남자는 결혼에 있어서 고독하고, 아버지는 노년에 있어서 고독하고, 친구는 우정에 있어서 고독하다. 왜냐하면 우리 인간은 자기가 선택한 사람으로부터 선택받는 일이 극히 드물기 때문이다.
A·삐

고독한 생활은 보다 더 여유롭고, 보다 더 자유로운 시간을 준다.
루터

모든 사람은 고독 속에서 산다. 고독의 맛은 쓰고, 세월이 흐르는 동안 많이 나아지는 때도 있지만, 고독은 언제나 인류와 함께 있었다.
헤르만 헤세

고독한 순간은 모든 사람의 삶에 공통적으로 존재한다. 대체로 고독한 순간은 스스로가 가장 행복하다고 느낄 때 다가온다.

브하그완

고독은 산에 있는 것이 아니고, 거리에 있다. 한 사람의 인간에게 있는 것이 아니고, 여러 인간들 사이에 존재한다.

미게 기요시

고독에 대한 문학적 관념과 고독에
대한 현실적 체험은 전혀 다르다.
까뮈

사람은 누구나 자기만의 생애를 혼자서 보내고,
사람은 누구나 자기만의 죽음을 혼자서 맞이 하는 법이다.
야콥센

나는 혼자 있을 때의 고독을 견뎌내지 못한다. 내가 혼자 있을 때,
캔버스와 그림물감을 이처럼 대담하게 주문하는 것은 고독을 견뎌
내지 못하기 때문이다. 내가 살아있다는 것을 절감 할 수 있는 것은,
오직 극도로 긴장하여 일을 하고 있을 때 뿐인 것이다.
고흐

실재가 아닌 것, 이것이 바로 그대를 고독의 늪으로 인도한다. 고독
감은 착각과 환상으로부터 비롯된다.
브하그완

그대가 만나는 가장 귀찮은 적은 언제나 그대 자신인 것이다. 동굴에서, 숲속에서 그대 자신이 그대를 엎드려 기다리고 있는 것이다. 고독한 자여! 그대는 그대 자신이 그대의 길을 걸어가고 있는 것이다. 그대 자신의! 그대는 불꽃 속에서 그대를 불태워 죽이지 않으면 안된다. 먼저 재가 되지 않고 어떻게 새롭게 갱생 되기를 바랄 것인가!

니이체

나는 최근 혼자 있는 것을 점점 더 좋아하게 되었다. 나는 최근 고독을 점점 더 사랑하게 되었다. 나는 밤늦게 혼자서 이 자연(自然) 속에 용해되어 버리는 것이 좋다.

마이율

홀로 지내는 시간이 많은 사람은, 끝내 병이 나는 법이다.

스타인벡

하느님과 함께 있지 않는 사람에게 있어서, 고독은 해(害)가 된다. 고독은 영혼의 역량을 강하게 만들지만, 동시에 그에게서 활동의 역량을 모조리 빼앗아 버린다.
샤토브리앙

성공과 성취를 바라는 사람은 항상 군중 속에 머물러 있으라. 그리고 군중과 함께 섞여서 자기 자신을 잃어버려라.
니이체

만약 그대가 고독을 두려워 한다면 결혼을 해서는 안된다.
체홉

고독을 사랑하는 성격은 확실히 유익하지 못하다. 오늘날, 우리가 많은 사람과 접촉하는 결과로서 고통을 느끼는 까닭에 고독을 사랑하는 성격도 관대하게 봐주고 싶지만, 반대로 고독을 사랑하는 마음은 사람을 제멋대로 대하기가 쉽고, 세상에서 멀어지게 하며, 선을 행함에 있어서 게으르게 한다.
힐티

우리 인간에게 고독(孤獨)이 가능한 시간은, 미래에 많은 꿈을 가지고 있는 젊은 시기와 젊었을 때의 많은 추억을 생각하는 노년기이다.
레니에

고독(孤獨)을 어느 정도 사랑하는 것은, 성숙한 정신의 발전을 위해서도, 진실한 영혼의 행복을 위해서도 반드시 필요한 것이다.

힐티

외로운 나무는, 어쨌든 자라기만 한다면 강하게 자란다.

처어칠

우리가 고독을 느끼는 것은, 사람과 사람 사이를 분리시키는 공간에 있기 때문이 아니다. 자기와 자기 생명이 발생하는 곳과의 공간, 다시 말해서 우리 자신이 형성된 곳과의 공간에서 분리되어 있기 때문이다.

법구경

고독함 없이는 어떠한 것도 달성할 수가 없다. 나는 예전에 나를 위해서 하나의 고독함을 만들었다.

피카소

고독 없이는 괴로움도 없고, 영웅적 행위도 없다.

헤르만 헤세

당신은 지금 고독한가? 그렇다면 불쾌한 기억을 버려라. 당신의 마음 가운데 도사리고 있는, 고독한 덫의 빗장 중 하나는 불쾌한 기억이라는 폭군이다. 당신은 오래된 상처와 실망과 좌절, 과거의 실패에 대한 불쾌한 기억으로 인하여 고독의 덫 속에 갇혀 있지는 않은가?
슐러

인생은 고독하다. 어느 누구도 타인을 알지 못한다. 모두가 혼자이다.
헤르만 헤세

고독이 좋은 것이라는 것을 우리는 인정하지 않을 수 없다. 그리고 고독을 함께 대화 할 수 있는 상대가 있는 것도 큰 기쁨이다.
발자크

고독이 좋은 것이라면 이따금 천국과 같은 고독을 꿈꿀 권리가 사람에게는 있을 것이다. 나도 모든 사람처럼 고독을 꿈꿀 때가 있다.
작자 미상

고독이란, 우리의 가슴 속에서 죽어버린 기억이 사는 하나의 무덤이다.
레니에

신체에 있어서의 절제와 같은 것이
정신에 있어서의 고독이다.
보브나르그

친구를 갖지 않은 것은 가장 큰 고독 중의 하나이다.
베이컨

이 세상에서 가장 큰 고통은 고독이다. 다같이 함께 있으면 어떠한
심한 공포도 견딜 수 있지만, 고독은 죽음과 같은 것이다.
게오르규

나는 일찍이 고독만큼 사이가 좋은 벗을 보지 못했다.
H·D·도로

산은 산을 필요로 하지 않는다.
하지만 인간은 인간을 필요로 한다.
스페인 격언

고독을 이기는 사람은 이 세상에서 가장 강한 사람
이다.
입센

고독과 벗하는 성격은 학문이나 예술 세계에서는 큰 성공을 이룰 수 있지만, 외부(外部)와의 넓은 조화를 필요로 하는 세계에서는 실패하기 쉽다.
칼·메닝거

나는 고독(孤獨)할 틈이 없다. 인생은 짧고,
해야할 일은 많기 때문이다.
야콥센

나의 지도자는 고독과 절망이었느니라.
베르릴리우스

인생에서 홀로된 영혼의 고독감을 느껴본 사람이라면,
인생이란 것이 무엇인가를 조금이라도 인지하는 사람이다.
레셀

어둠에서 어둠으로, 고독(孤獨)과 적막으로 헤매이며 허덕이는 나그네의 인생에, 어디선가 광명과 위안이 있을 것 같이 느껴지는 이 감성은 어디에서 오는 것일까?
법구경

확실히 사람은 고독을 사랑한다. 이것은 고독 속에서 행복을 발견하기 위한 것이며, 어두운 밤하늘의 빛나는 별꽃과도 같은 것이다.
키에르케고르

당신은 먼저 고독과 친하십시오. 고독은 당신의 마음을 보여줄 것입니다. 그리고 당신은 그 마음을 사랑하십시오. 당신의 마음은 모든 비밀을 숨김없이 보여 줄 것입니다. 진실로 사랑하는 자에게만 모든 것은 그 진실을 보여 주는 것입니다.
법구경

고독(孤獨)한 사람이여! 그대는 창조자의 길로 간다. 그대는 그대의 일곱 악마로부터 하나의 신을 창조하려고 한다. 고독한 사람이여! 그대는 사랑하는 사람의 길을 걷는다. 그대는 그대 자신을 사랑하고 있다. 자기 자신을 사랑하는 사람만이 자신을 경멸할 수 있는 것과 같이 그대는 그대 자신을 경멸한다.
니이체

인간이 서로 사귀는 것은 좋아서가 아니라, 고독이 두려워서이다.
쇼펜하우어

나는 홀로 천천히 성시테판사원(寺院)쪽으로 걸어갔다. 기구를 드리려 간 것은 아니다. 거대한 사원 아래 한 시간쯤 생각에 잠기려 갔던 것이다. 고딕 기둥 아래 제일 컴컴한 한쪽 구석에서 웅크리고 서 있었다. 장엄 화려한 거대한 돔, 무슨 소리 하나 들리지 않았다. 다만 때때로 본당 깊숙이에서 촛불을 켜며 걸어가는 사원에, 사나이의 발자국 소리 만이 황홀경에 잠겨있던 나를 깨우쳐 주었을 뿐이다. 우수에 찬 하모니가 마음속으로 젖어퍼지고, 일찍이 없었던 크나큰 고독이 나를 엄습했다. 훌륭하고 크고 깊은 위관*(偉觀)에 잠겨 있을 때 이윽고 사람들이 나타나고 불빛이 보이기 시작했다.

쇼팽

내가 고독을 느낄 때, 나는 가장 고독하지 않다.

키에르케고르

인간은 사회에서 어떠한 사건으로도 배울 수가 있을 것이다. 그러나 영감을 받는 것은 고독에서만 가능하다.

괴테

* 위관(偉觀): 장엄한 광경.

잠재우지 못하는 것, 잠재우기 힘든 것이 내 마음 속에서 소리를 지르고 이야기를 하려고 한다. 사랑에의 갈망을 가지고 있어서 스스로가 사랑의 이야기를 한다. 나는 빛이다. 아아, 내가 밤이었더라면, 하지만 빛에 둘러싸여 있는 것, 그것이야말로 내가 사랑하는 고독이다.

니이체

게으르면 고독(孤獨)하지 말고,
고독하면 게으르지 말라.

존슨

늙었다는 가장 확실한 징후(徵候)는 고독이다.

울코트

자신의 마음을 털어 놓을 수 있는 친구가 없는 사람은, 자신의 마음을 잡아먹는 사람이다.

베이컨

참된 행복이란 고독 없이는 있을 수 없다.

체홉

우리 인간은 홀로 세상에 나와, 홀로 세상을 떠난다.

프로이트

고독의 밑바닥을 헤엄치면서 일생을 남몰래 혼자 지내는 것은 못견디게 적막할 것이다. 그러나 일생을 늘 남의 앞에서 지내본다면, 그것은 더욱 못견디게 고독할 것이다. 인생의 순수한 행복이 어디에 있을 것인가?

법구경

나는 사람들과 사귈 때 항상 어려움을 겪는다. 내가 그 사람이 어떤 사람인가 하는 것을 인지하는 데 어려움이 있는 것이 아니라, 내가 그들이 느끼는 것을 공감하는 데 어려움이 있다. 내 인생은 끊임없는 자기 극복이었다. 그러므로 고독이 내게는 절대로 필요했다.

니이체

우리가 세상에 아무 것도 가지고 온 것이 없으니,
또한 아무 것도 가지고 가지 못하느니라.

신약성서

확고한 자, 이를테면 한 고독의 수행자가 나타나서 자신의 수행 위에 확고한 자신을 쌓아올리려 하면, 반드시 타락한 패거리들의 조소와 증오를 불러 일으키기 마련이다. 이들은 애당초 근성이 썩어있기 때문에 타인이 자기 자신을 수행하여 올바른 자신의 길을 가려는 것을 그냥 보아 넘기지 못한다. 그래서 그들은 도당을 지어서 한 수행자를 방해하고 위협하여 성공하지 못하게 만든다. 이들은 이것을 확실히 터득하고 있는 것이다.

릴케

우리들은 혼자서 세상을 걸어가고 있다. 우리들이 바라는 이상적인 벗들이란 꿈이며 우화(寓話)이다.
에머슨

가장 깊숙한 고독 속에서도 사회는 발전한다.
디즈레일리

인간의 고독은 신(神)의 존재 유무(有無)와 관련이 있다. 만약 창조자인 신(神)이 확실히 존재하고, 피조물인 우리 인간이 불안을 느낄 때 분명한 광명의 길을 제시해 준다면, 우리는 고독하지않을 것이다. 신이 비쳐 준 빛 속을 걸어가면 되는 것이다. 그러나 우리가 어떤 행동을 결정하는데 있어서, 신은 아무런 결정을 우리에게 전해 주지 않는다.
사르트르

고독한 난관의 극복에 있어서 가장 좋은 처방은 '최선(最善)'이다. 살을 에이고 뼈를 깎는 아픔과 결단을 통해서만 고독한 난관을 극복할 수 있다.
최진용(崔晉榕)

생각이 깊은 사람은, 남에게 불쾌감을 일으키기 쉬운 일은, 자기 혼자 고독하게 있을 때 한다.
톨스토이

진리와 정의로써 봉사하려고 생각하는 사람은, 우
선 고독 속에서 지낼 각오를 하지 않으면 안된다.
그러는 동안에 자기도 모르게 사람들의 동감을 얻
게 되는 것이다.
벨시에

우울이란, 자기 자신의 생활이나, 이 세상의 모든 생활 속에서 의의
를 발견하지 못했을 때의 마음 상태이다.
톨스토이

나는 내가 영원히 고독하다는 것을 느낄 때부터, 매일 무언가 어두
운, 끝없는, 눈에 보이지 않는 것에 위협당한다. 그리고 그것이 차츰
강해지는 것을 느낀다. 나는 살아간다. 그러나 내 곁에는 무엇 하나
살아있는 것이 없다. 지하와 같은 어두움—이것이 나의 인생인 것
이다. 가끔 나는 음향이며 말이며 소리를 듣는다. 그러나 그것이 어
디로부터 오는 소리인지 결코 알 수가 없다.
모파상

누구냐? 거기 가는 것은? 누구냐? 나를 부르는 것
은?—아무도 없다. 나는 언제나 홀로 있다. 때는
지나간다. 오오, 이 고독! 오오, 이 공허!
모파상

내가 누구보다도 강하게 나만의 고독을 느끼는 때는, 내가 다른 누군가와 정신적 교류가 있을 때이다. 서로 함께 될 수 없음이 더욱 더 명료해져 오는 때이다.

모파상

part 7

희망(希望)에
대하여

Analects of the World

보다 높은 희망이 없었더라면, 인류는 쉬지 않고 일하는 개미떼와
무슨 차이가 있었을 것인가.
헤겔

　　행복한 사람이 갖는 불행이란 절망이며,
　　불행한 사람이 갖는 행복이란 희망을 갖는 일이다.
　　루루

내가 이 세상에 태어난 까닭에 나는 하나의 절실한 소원을 가지고
있다. 그것은 조금이라도 세상 일이 나아지는 것을 볼 때까지 살고
싶다는 것이다.
링컨

희망은 사람을 성공으로 이끄는 신앙이다.

희망을 가지고 있지 않다면, 어떠한 일도 성취하지 못한다.

헬렌·켈러

희망은 영원한 기쁨이며, 인간이 소유하는 토지와 같다.
해마다 수확이 늘어난다.
스티븐슨

희망, 그것은 바로 가난한 인간의 빵이다.
탈레스

희망은 그 자체가 행복이며,
이 세상이 베풀어 주는 행복이다.
존슨

나는 희망을 가꾸었는데, 나날이 시들어간다. 아아! 뿌리가 끊긴 나무의 잎사귀에 물을 준들 무슨 소용이 있으랴.
루소

아무것도 바라지 않는 사람은 행복하다. 그 사람은 실망할 것이 없기 때문이다.
스위프트

나는 소년 시절에 닥치는 대로 일했다. 형인 시드니도 마찬가지였다. 그러나 삶의 목표인 배우가 된다는 굳은 희망을 버리지는 않았다.
채플린

이제부터 새롭게 꿈을 키우기 시작하라. 그리고 당신의 꿈을 되도록 크게 생각하라. 크고 위대한 일은, 크고 위대한 생각을 갖고 있는 사람만이 이루어 낼 수 있다.
슐러

지나간 일은 지나간 일이다. 과거를 되돌아보지 말고, 희망(希望)을 갖고 새로운 목표(目標)를 향해 전진해야 한다.
마아샬

호기심은 희망의 별명(別名)에 지나지 않는다.
J·헤어

우리들은 과거 우리들의 공적(功績)보다도, 미래 우리들의 희망에 살고 있다.
G·무어

너의 행동은 겸손하게 하고, 너의 희망은 높게 가져라.
허버트

희망은 애국심의 근원이다.
로이드·조오지

강인한 힘은 희망을 가지고 있는 사람에게서 나오고,
용기는 마음속에 있는 의지에서 나오는 것이다.
펄·벅

부유하더라도 최고의 이상(理想)이 없는
사람은 조만간 몰락의 길을 걷는다.
도스토예프스키

희망에 휴일은 없다.
버튼

소망했던 행복을 얻지 못한 지난날을 잊어버리고, 미래의 자기를 위
한 길을 찾고자 하는 희망이야말로, 재기할 수 있는 사람만이 가지
는 매력이다.
모로아

희망이 죽어가고 있을지라도, 아직 죽은 것이 아니다.
드라이든

우리는 그 누군가를 기쁘게 한다는 희망 속에서 산다.
존슨

절망하게 되면 우리는 전진하지 못한다. 절망은 우리에게서 희망을 빼앗아 간다. 절망은 우리의 강한 의지를 꺾는다. 뿐만 아니라 우리의 연약한 힘을 견디기 어렵게 만든다. 때문에 절망은 인간에게 있어서 죽음보다 더 두려운 것이다.
보브나르그

인간은 어떠한 어려움도 극복 할 수 있는 동물이다. 아무리 나약한 인간이라 할지라도 하려는 의지만 있다면, 어떠한 어려운 일이든지 해낼 수 있다는 것을 믿어야 한다.
고리키

희망은 삶을 체념하지 않게 한다.
까뮈

사람이 장기간 불행한 것은 그 자신의 책임이다. 삶에는 견딜 용기도 없고, 덤벼볼 생각도 없고, 죽음에는 요령있게 피해볼 생각도 없는 이런 사람이야말로 희망이 없는 가장 가련한 사람이다.

몽테뉴

우리는 무엇보다도 절망하지 말아야 한다. 세계의 마지막 날이 왔다고 불안해하는 사람들의 말은 될 수 있는대로 듣지 않기로 하자.

까뮈

살려고 하는 의지, 이것이 곧 희망이다.

찬닝

희망은 마치 박쥐와도 같이 약한 날개로 벽을 두드리고 썩은 천정에 머리를 부딪히면서도, 저쪽으로 날아가려고 하는 것이다.

보들레르

희망은 질병, 재앙, 죄악을 고치는 최상의 특효약이다.

W·라이스

큰 꿈을 가진 사람들의 꿈은 대부분 완전히 실현되지 않는다. 그 꿈은 무한히 크기 때문이다.

화이트 헤드

위대한 희망은 위대한 인물을 만든다.
T·플러

희망과 인내는 모든 병을 다스리는 치료약이며, 역경(逆境)에 처하여 의지할 수 있는 가장 믿음직한 자리요, 가장 부드러운 방석이다.
R·버튼

생명이 있는 한 희망이 있다.
키케로

실망은 못난 사람이 내리는 판단이다. 현명한 사람은 실망이란 두 글자가 자기 머리에 떠오르는 것조차 두려워 한다.
니이체

우리들은 소망해선 안될 것을 가장 소망하고 있다.
푸블릴리우스 시루스

인간의 희망은 절망보다도 격렬하게 영속한다.
인간의 기쁨은 슬픔보다도 격렬하게 영속한다.
헤르만 헤세

희망은, 이를 추구하는 사람을 결코 버리지 않는다.
J·플레처

인류 대다수를 먹여살리는 것은 희망이다.

소포클레스

희망은 좋은 아침 식사이지만,

나쁜 저녁 식사이기도 하다.

베이컨

희망은 불행한 사람의 제2의 혼이다.

괴테

희망은 언제나 끊임없이 우리들에게 '나아가라, 나아가라'고 외친다.

맹트농 부인

희망이란 아이들이 비를 맞으며 따라가는 웃음 띤 무지개이다.

카알라일

희망 없이 일하는 것은 마치 맛좋은

술을 체로 담는 것과 같다.

콜리지

역경에 있을 때에는 희망에 의해 구제된다.

메난드로스

진실함 속에 영원한 희망이 있다.

잉거솔

희망은 현재의 시간이 미래의 시간과 속삭이는 대화이다.

릴케

희망은, 인생길의 아주 훌륭한 길동무이다.

핼리팩스 경

희망은 커다란 사기꾼이지만, 적어도 우리 인생을
끝까지 유쾌한 길로 안내하는 봉사자이다.

라 로슈프코

희망은 영원히 인간의 가슴에 샘솟는다.

포우프

절망은 불행을 더욱 악화시킨다. 뿐만 아니라 허
약을 더욱 조장한다.

보브나르그

희망은 겁쟁이한테 용기를 준다.

T·플러

희망과 절망은 서로 떨어질 수 없다. 희망이 없는
절망은 없고, 절망이 없는 희망은 없다.

라 로슈프코

이 세상에서 희망이 결여되어 있는 사람은, 가장 불쌍한 사람이다.

T·플러

나의 희망은 완벽하게 실현되지는 않았지만,

나는 언제나 희망을 꿈꾼다.

오비디우스

희망 없는 공포는 있을 수 없으며,

공포 없는 희망도 있을 수 없다.

스피노자

긴 희망은 짧은 경탄보다도 감미롭다.

장·파울

희망은 태양과 같은 것이다. 이것은 이 땅 위의 모든 먼지를 자기 앞으로 흡수해 버린다.

플로베에르

인생의 희망은 피어나지 않고 있는 장미꽃과 같다.

키이츠

사람이 나이를 먹게 되면 젊을 때의 행복보다도, 젊을 때 품고 있었던 희망이 한층 더 그리워지는 법이다.

예센바흐

보다 많이 가지려고
하는 마음보다는, 보
다 적게 바라는 마음
을 가져라.
토마스·아·켐피스

신앙과 사랑에 대한 목표를 갖지 않은 사
람에게는, 모든 일에서 목표 없는 희망이
있을 뿐이다.
라파엘

불에 피운 향이 인간의 육체를 상쾌하게
하는 것처럼, 기도는 인간의 영혼에 희망
을 북돋우어 준다.
괴테

희망은 영원히 인간의 마음속
에서 솟아난다. 인간은 항상 행
복할 수는 없다. 인간의 행복이
란 항상 앞으로 전진하며 어려
움을 극복 하는 데 있다.
포드

145

희망만 있으면, 행복의 싹은 희망에서 시작된다.
괴테

가난한 사람에게 마시게 할 약은 오직 희
망뿐이다. 부유한 사람에게 마시게 할 약은
오직 근검뿐이다.
셰익스피어

절망은 죽음에 이르는 병이다.
키에르케고르

희망은 우리들 자신 속에 가지고 있다. 따라서 희망을 달성하려는
데 나타나는 모든 장해 역시 우리들 자신 속에 가지고 있다.
카알라일

희망이 없는 곳에서는, 노력이 있을 수 없다.
존슨

인간은 늘 갈피를 잡지 못하고 있다. 이처럼 망설이
고 있는 동안에도 언제나 무엇인가를 바라고 있다.
괴테

우리의 배를 조그만 항구에 묶어 두지도 말고,
우리의 인생을 단 하나의 희망에 묶어 두지도 말아야 한다.
에픽테토스

종류는 다르지만, 모든 사람들은

다 희망을 가지고 있다.

브하그완

희망을 가지고 보다 나은 미래를 위해서 힘을 길러 두라.

베르릴리우스

오! 비참한 인간들에겐 희망만이 약이다.

세익스피어

사람은 자기 이상(理想)이 위협받으면,

이를 극복하려고 한다.

헤르만 헤세

손꼽아 기다리는 일은 좀처럼 일어나지 않고,

거의 기대하지 않은 일은 잘 일어난다.

더즈레일리

절망하기보다는 희망하는 편이 낫다.

괴테

인생은 만족보다 실망을 더 많이 가지고 있다.

비오프라스투스

희망하라! 현실에 있어서 절망한다는 것은 최대의 불행이며, 비참일 뿐만 아니라, 최대의 타락이기 때문이다.

키에르케고르

신(神)은 희망을 갖지 않는 사람을 결코 후원하지 않는다. 크고, 원대한 꿈과 결코 흔들리지 않는 굳센 희망을 가져라.

에델 워더스

절망으로부터의 유일한 피난처는, 희망을 가지고 세상에 자아를 바로 세우는 일이다.

톨스토이

절망감을 짧게 가지고, 최선을 다해 희망하며 신에 의지하라.

S·스미드

원대한 희망을 가지고, 사소한 희망을 버려라.

호라티우스

신(神)은 희망을 갈망하여
추구하는 사람을 결코 외면하지 않는다.

J·플레처

생명이 있는 한 희망은 있다. 희망은 모든 일이 용이하다고 가르치고, 실망은 모든 일이 곤란하다고 가르친다.

위트

이상(理想)을 너무 높이 갖지 마라! 올라가지 못할 이상(理想)을 너무 높게 가지면, 눈앞의 할 일마저 놓쳐버린다.

에머슨

희망은 천국의 화창함이고,
절망은 지옥의 안개이다.

단

희망이란, 아침에 빛나는 태양의 빛을 받으며 나갔다가도, 저녁에 비에 젖어 돌아온다.

스티븐슨

인생이 괴롭고, 희망이 희미해지면, 세상은 '가라' 하고 무덤에서는 '오라' 한다.

기터먼

희망과 자신(自信)은 둘 다 공포를 몰아낸다.

W·알렉산더

바라지 않는 일들이, 바라는 일보다 더 많이 일어난다.
렉플라우투스

식탁을 둘러싸고 앉아 있는 아이들의 모습이 그냥 그대로의 전 인
생인 것이다. 우리들은 아이들에게서 인생의 가장 작은 걱정거리와
가장 빛나는 희망을 발견할 때가 있다.
F·모리악

희망은, 꿈꾸는 자의 몫이다.
핀다로스

희망이란 영원히 사람의 마음속에서 사라지지 않는다. 그러므로 사
람은 당장 행복하지 않아도 언젠가는 행복해진다고 생각한다.
보브나르그

겨울이 오면, 봄도 멀지 않다.
셸리

희망은, 우리가 가지고 있는 재산 가운데 가장 유익한 것이다.
보브나르그

모든 일 가운데 가장 중요한 일은 '희망'을 갖는 일이다.
슐러

희망은 크든 작든 원래 내가 가진 터전 위에, 내 힘이 미치는 한도 내에서 결실을 얻는다. 그러나 우리는 이 한도 밖에서 희망의 결실을 찾기 때문에 환멸의 결과를 초래하는 것이다.

채근담

어떠한 일이든지 희망을 가지는 것은 실망을 하는 것보다 낫다. 이것은 어떠한 일이든지 희망에 의해 성취되기 때문이다.

괴테

희망이란 생각대로 만들 수 있는 형상이 아니다. 하지만 희망은 평탄한 길을 거쳐 인생의 종착역까지 갈 수 있도록 도와준다.

라 로슈프코

사상(思想)을 가지고, 이상(理想)을 갖는 것은 영원의 기쁨이며, 즐거움의 꽃이다.

에머슨

희망은 사상(思想)이다. 희망이 있으므로 노력하게 되는 것이다.

셰익스피어

항상 희망의 눈을 인생의 큰 계획에 집중시켜라.

솔론

우리가 희망하는 것은 무엇인가. 그렇게도 벌기 어려운 금전이란 대체 무엇에 쓰는 것인가. 대체 어떠한 경우에 국가와 인류에 자기를 헌신 할 것인가. 하늘이 우리에게 하라고 하는 일은 무엇인가. 우리가 해야 할 의무는 무엇인가. 우리는 대체 무엇인가. 또 무엇 때문에 생(生)을 얻은 것인가. 젊어서나 늙어서나 이 문제에서 떠나서는 안된다. 누구나 이 철학적인 문제를 떠나서는 그 영혼을 건전하게 가질 수 없을 뿐 아니라. 육체의 건전함도 가질 수 없다. 이것을 생각함으로써 우리는 생활(生活)의 기준(基準)을 얻을 수 있다.

호라티우스

뜻(意志)을 세우는 것이 첫걸음이다. 뜻만 있으면 무엇을 어떻게 할 것인가, 그 방법이 머리에 떠오른다.

서양 격언

희망(希望)을 가슴에 품었을 때에, 사람은 편안히 잘 수 있다.

발자크

그 사람의 마음에 지닌 뜻은 그 사람의 행복이며,
그 사람의 천국(天國)이다.
실러

당신은 마음이 고요할 때, 당신이 옳다고 믿는 사상(思想)이나 행동을 정한 것이 있을 것이다. 인생을 사는 데 있어 그때 그때의 기분보다는 평소에 자기가 정한 신념이나, 주의(主義)를 따르는 것이 가장 좋은 방법이다.
힐티

청년들이여, 그대 머리로 사색(思索)하고, 그대 손
으로 탐구(探求)하고, 그대 발로 서라.
칸트

보다 많이 구하면 보다 많이 얻을 것이며,
보다 많이 노력하면 보다 많은 결과를 얻을 것이다.
카네기

part **8**

돈(貨幣)에
대하여

Analects of the World

아무리 추운 날씨라 하더라도 옷을 너무 많이 입지 말라. 옷을 너무
많이 입으면 몸의 동작이 느리게 된다. 이와 마찬가지로 너무 많은
돈은 정신의 안정을 방해한다.
떼모필

당신이 돈의 가치를 알고 싶으면,

나가서 돈을 벌어 보라.
프랭클린

돈은 전쟁의 원동력이요, 사랑의 원동력이다.
T·플러

도시를 약탈하고, 사람을 가정과 고향에서 몰아내는 것은 돈이다. 돈은 천부(天賦)의 순진성을 뒤틀어 인간을 타락시키며, 인간에게 정직하지 못한 습성을 길러준다.
소포클래스

돈이 없다는 것은, 비할 바가 없는 고통이다.
라블레

황금이 말문을 열 때, 혀는 힘을 잃는다.
M·구앗조

돈을 벌고 싶으면,
돈을 투자 해야 한다.
플라우투스

가지고 있으면 공연한 물건 같고,
가지고 있지 않으면 아쉽기 짝이 없는 것,
그것은 귀찮으면서도 얄미운 돈이다.
레싱

돈은 절대적인 힘을 가진다. 돈은 평등으로의 극치의 수단이다. 돈
은 모든 불평등을 평등하게 만든다. 돈이 지니는 위대한 힘은 바로
그것이다. 돈, 그것은 아무리 되지 못한 인간이라도 가장 높은 지위
로 이끌어 주는 단 하나의 길이다.
도스토예프스키

돈을 가진 사람은,
가난한 사람이, 그들의
허무한 운명을 하소연하는
소리를 가장 듣기 싫어한다.
도스토예프스키

바라옵건대 나의 재능에 합당한 보수를 주소서.

오비디우스

일꾼이 그 삶에 보수를 받는 것은 너무나 당연하다.

신약성서

황금은 모든 자물쇠를 연다. 황금의 힘에 열리지 않는 자물쇠는 없을 것이다.

허버트

황금은 하나님의 대문을 제외한 모든 대문 안으로 들어간다.

J·레이

황금가루는 모두의 눈을 멀게 한다.

A·B·칠즈

돈을 모으지만, 쓸 줄 모르는 사람이 있다. 이것은 탐욕에 눈이 어두워, 돈을 모으기 위해서 살기 때문이다.

유베날리스

돈은, 돈을 가지고 있는 사람의 것이 아니고, 돈을 즐기는 사람의 것이다.

J·하우얼

빈곤이 그렇게 괴로운 것이 아니라는 것을 깨달았을 때, 사람은 비로소 자기의 부를 마음껏 즐길 수 있다.

세네카

융성한 때의 곁에 있는 친구는
쇠퇴할 때의 잃어버린 친구와 같다.

H·아담스

큰 돈을 버는 것은 용감한 일이다. 또 돈을 모으는 데는 상당한 지혜가 필요하다. 그러나 돈을 많이 벌고 모아둔 사람 중에는, 돈을 값있게 잘 쓸 줄 아는 훌륭한 인격을 갖춘 사람은 거의 없다.

어우에르 바호

돈은 모든 사람이 그 앞에 엎드리는 유일한 권력이다.

S·버틀러

죽음보다는 돈을 잃은 것을 더 요란스럽게 슬퍼한다.

유베날리스·

돈의 결핍은 모든 범죄의 뿌리이다.

버나드·쇼

자기 호주머니 속의 잔돈은 남의 호주머니 속의 큰돈보다 훨씬 낫다. 티끌도 모으면 태산이 되기 때문이다.

세르반테스

지혜를 얻기 전에 돈을 얻은 사람은, 돈의 주인 노릇을 잠시밖에 하지 못하리라.

T·플러

돈의 가치를 알기 위해서는, 돈으로 살 수 있는 좋은 물건들을 알기보다는 돈을 버는 고통을 먼저 체험 해야 한다.

P·에리아

돈을 빌리는 때는 재빠르면서, 돈을 갚을 때는 느린 사람들은 신용이 전혀 없고, 결코 즐겁게 살 수 없다.

T·터서

신세를 지지 않을 만큼 부자도 없고,
꾸어줄 수 없을 만큼 가난한 사람도 없다.

라블레

악의 근원을 이루는 것은, 돈 그 자체가 아니라 돈
에 대한 애착이다.
스마일즈

빚을 지는 자는 비탄에 젖는다.
프랭클린

인생에서 사랑이나 일, 가정, 믿음, 예술, 학문, 지위, 명예가
아무리 좋다 할지라도, 사람이 배가 고프면 그것은 그림의
떡과 같을 것이다.
헨리

돈이 많은 사람은 자유롭지가 못하다. 돈이 많으면 많을수록 원수
가 많아지고 친구가 모두 떨어지고 고독해 진다. 따라서 돈은 모을
게 못되고, 권력도 얻을 것이 못된다. 개, 돼지처럼 모았다가 나중에
죽을 때는 '지금 죽을 줄 알았으면 마음이나 좋게 쓰고 죽을 걸' 하
고 후회해 봐야 아무런 소용이 없다.
청담조사

빚지는 것은 첫째 가는 악이요,
거짓말은 둘째 가는 악이다.
프랭클린

돈지갑의 밑바닥이 드러났을 때, 절약은 이미 늦다.

세네카

빚은 최악의 빈곤이다.

T·플러

재산을 가지고도 그것을 즐기지 못하는 사람은 황금을 나르며 엉겅
퀴를 먹는 당나귀와 같다.

T·플러

사람들은 재산이 쌓여도 어떻게 사용할 줄 알지 못하고, 이
로 인해서 더욱 마음을 더욱 졸이며 근심에 쌓여 있으면서
도, 더욱 재산을 모으려고 애쓰고 있으니, 이를 사서 하는 근
심이라 하겠다.

장자

돈은 퇴비와도 같다. 뿌리지 않으면 아무 소용이 없다.

베이컨

돈을 꾸어주는 사람은, 우정과 돈 두 가지를 잃는다.
프랑스 격언

황금에 집착하는 사람은 황금 때문에 생명을 잃는다.
의상에 집착하는 여자는 의상 때문에 불의를 저지르게 된다.
대망경세어록

돈을 빌려준 사람은 빌려 간 사람보다 기억력이 좋다.
프랭클린

빚은 사람을 속박하여서 채권자에 대해 일종의 노예로 만들어 버린다.
프랭클린

돈은 돈의 씨앗이다. 처음에 백원을 버는 것이 다음의
수백 만원을 버는 것보다 어려운 경우가 많다.
루소

가볍게 쌓는 돈이 무거운 돈지갑을 만든다.
영국 격언

단지 돈을 모으기 위해서 절약하는 것은 불행한 일이다. 그러나 남
에게 의탁하지 않고 독립하기 위해서 돈을 절약하는 것은 행복한 것
이고, 사내 대장부다운 일이다.
에이브리

돈의 힘이 기승을 부리는 곳에서는 어떠한 사람의 입
도 다물게 만든다.

이탈리아 격언

돈은 세상을 돌고 돈다. 늘 나만은 피해 가며 돌아다녀 얄밉지만, 돈
이란 억지로 벌어지는 것이 아니다. 돈이란 것은 비둘기와 같아서
날아 왔는가 하면 곧 날아가 버린다.

투르게네프

돈은 샘물과 같이 마시면 마실수록 목이 마르다.

쇼펜하우어

신은 인간에게 이마에 땀을 흘리며 일하라고 명령을 내렸다. 은행
에 돈을 쌓아두고 아무 일도 하지 않고 먹는 것은, 인간 사회의 법
칙에 위배되는 일이다.

톨스토이

가난은 결코 부끄러운 것이 아니다.
그러나 가난은 지독하게 불편한 것이다.

시드니 스미드

돈이 적은 것과 돈이 전혀 없는 것의 차이는 막대하며, 세상을 파괴
할 수 있다. 또 적은 양의 돈과 막대한 양의 돈의 차이는 매우 작으
나, 이것 역시 세상을 파괴할 수 있다.

T·와일더

돈이 사람을 만든다.

아리스토텔레스

이 세상에서 가장 든든한 토대는 돈이다.

세르반테스

오늘날은 황금 만능의 시대이다. 우리가 모두 황금에게 복종하니 황금은 폭군이다.

졸라

신(神)은 인간을 만들고, 옷은 인간의 겉모양을 꾸미지만, 인간을 완성하는 것은 돈이다.

J·데이

돈을 어떻게 벌 것인가를 생각하듯이,
돈을 어떻게 쓸 것인가도 생각해야 한다.

슐러

쉽게 돈을 버는 인간은 많지만, 쉽게 돈을 쓰는 인간은 드물다.

고리키

빚을 얻으러 가는 사람은 슬픔을 얻으러 가는 것이다.

T·터서

어떤 사람이, 당신에게 돈을 갚아야 하는데 그가

지불할 수 없으면, 그 사람 앞을 지나가지 말라.

팔레스타인 율법서

중용에 힘쓰는 사람은 누구나,

오막살이의 빈곤도 피하고 궁전의 부귀도 피한다.

호라티우스

황금, 그 자체는 단순한 물질에 불과하다. 그러나 이것을 인간의 생활

에 결부시켰을 때, 여기에는 이상 야릇한 신앙 같은 마력이 싹튼다.

대망경세어록

누구를 묻지 않고 돈은,

그 소유한 사람에게

커다란 권력을 준다.

러스킨

아무것도 가지지 않은

자는 노동의 질곡*(桎梏)

아래 있고, 많은 재산을

가진 자는 근심,

걱정의 질곡 아래 있다.

쉴러

* 질곡(桎梏): 지나친 속박으로 자유를 가
          질 수 없는 상태를 비유적으
          로 이르는 말.

돈은 인간에게 있어서, 피이며 생명이다.

안티파네스

지갑이 텅 비어 있으면 마음이 병든다.

괴테

주라. 그러면 설사 돈은 잃더라도 벗은 잃지 않을 것이며,

빌려주라. 그러면 설사 돈은 받는다 해도 벗을 잃을 것이다.

벌워 리튼

적(敵)에게 돈을 꾸어주면 적을 얻을 것이요,

친구에게 돈을 꾸어주면 친구를 잃을 것이다.

프랭클린

돈이란 것은 그 사람이 가지고 있는 일체의 것을 비춘다. 즉 그 사람의 아름다운 것과 결점이 있는 것, 모두를 드러낸다.

브란슈뷔크

돈은 선량한 일꾼인 동시에 사악한 주인이기도 하다

프랭클린

돈을 빌리면 곧 후회의 탄식을 한다.

레이

채권자는 잔혹한 고용주보다 더 나쁘다. 고용주는 몸을 제한하지만
채권자는 체면을 손상하고 위신을 파멸 한다.
위고

돈을 갚을 능력이 안되면, 돈을 빌리지 말라.
레싱

돈 때문에 결혼하는 일이 절대 없도록 하라.
돈은 가장 쉽게 가질 수 있다.
스코틀랜드의 격언

인류의 종족은 두 가지의 전혀 다른 종족,
즉 돈을 빌리는 사람과 돈을 빌려주는 사람으로 구성된다.
램

가난한 곳에서는 사람의 의리도 끊어지고,
세상 인정은 돈 있는 곳으로 향하느니라.
명심보감

돈이 없으면 슬퍼지고 걱정이 많아진다.
허버트

못난 자도 돈이 있으면, 잘나 보인다.
외국 속담

우리는 돈을 벌기 위한 머리를 가지고 있고,

돈을 쓰기 위한 마음도 가지고 있다.

G·파커

'돈 때문에……'라는 말은 오직 변명일 뿐이다.

슐러

우리에게 돈이 있으면 우리는 공포 속에 살고,

우리에게 돈이 없으면 우리는 위험 속에 산다.

J·레이

돈의 힘은 전능하다.

J·레이

돈이 그 사람 주머니에서 댕그렁 소리를 내면,

그가 그 돈을 쓸 수 없더라도 위로가 된다.

도스토예프스키

돈은 중요하다. 돈은 명예를 얻으며, 친구를 얻는다. 어느 곳에서나

가난한 사람은 기를 못편다.

오비디우스

무엇보다도 먼저 돈을 구해야 한다.

때때로 돈은 모든 것을 해결한다.

호라티우스

돈이 앞서 가면, 모든 길이 열려진다.
세익스피어

돈은 말한다.
허버트

나는, 돈은 있지만 불성실한 사람보다, 돈은 없지만 성실한 사람을 택한다.
관자

아내로 인하여 부자가 되는 것보다는 가난뱅이가 되는 것이 천 배는 더 낫다.
성·J·크리소스톰

죽은 뒤에 금으로 북두성까지 쌓아 올리는 것은, 생전에 한 단지의 술만 못하다.
백거이

당신은 돈이 없어서 일을 못하는가? 만약 당신에게 돈이 없다면 지금 당장 뛰어 나가서 그 돈을 벌어 모으든지 아니면 남에게 빌려라. 뜻이 있는 곳에 분명히 길은 있다. 작은 일부터 시작하여 차츰차츰 돈을 모으라. 그러면 당신은 '두드리는 문은 분명히 열린다'는 사실을 알고 놀라게 될 것이다.
슐러

part **9**

부유(富裕)와
가난에
대하여
Analects of the World

나에게는 가난이 야속하게 내리 누르는 짐이다.
테렌티우스

백만장자로 태어나는 것보다는 조개껍질을 모으
는 취미를 가지는 인생으로 태어나는 것이 아마
더 행운일 것이다.
스티븐슨

자기가 가장 사랑하는 것에 있어서, 재산이나 명예나 생사에 관계
되는 위험이 도사리고 있을 때, 우리는 어떤 인간이나 어떤 사정을
이전과는 전혀 다른 것으로 인식하는 계기가 된다.
니이체

타인(他人)이 부러워하기에는 너무 적고, 남이 멸시하기에는 너무 많은 정도의 재산만을 나에게 달라.

A·카울리

지식은 사람을 현명하게 만들지만,
재산은 사람을 어리석게 만든다.

허버트

부자가 가난한 사람에게 도덕적 잔소리를 하는 것은 좋은 일이지만, 바보스럽다. 왜냐하면 부자는 많은 종의 시중을 받고, 돌보아 주는 것을 받고, 그 사람들을 의지하고 있기 때문이다.

처어칠

이상적인 행복한 생활은 금전의 많음에 있지 않고, 욕심의 적음에 있다.

에픽테토스

교만에 흐르지 말고, 부귀나 영화는 받아 들여라. 그러나 언제나 부귀와 영화를 버릴 수 있는 마음의 준비가 되어 있어야 한다.
아우렐리우스

부자라고 생각하는 것은 부자와 동일하다.
대커리

광에 곡식이 넉넉하면 예절을 알고, 의식(衣食)이 넉넉하면 체면과 염치를 알게 된다.
관자

부(富)라고 생각되는 것도 실은 널리 퍼져 있는 영락*(零落)의 지표에 도금한 것에 불과할지도 모른다. 혹은 해적이 큰 상선을 해안으로 유혹해서 약탈한 한 줌의 돈일지도 모른다. 혹은 종군 군인이 영광스럽게 전사한 용사의 가슴에서 벗겨낸 한 뭉치 남루*(襤褸)의 덩어리인지도 모른다.
러스킨

적은 액수의 채무는 사방에서 날아와 상처 없이 피하기는 좀체로 어려운 작은 총알들과 같고, 큰 액수의 채무는 소리가 큰 대포와 같다.
S·존슨

* 영락(零落) : 세력이나 살림이 보잘것 없는 처지가 됨.
* 남루(襤褸) : 떨어지거나 해진 곳을 누덕누덕 기운 헌옷.

지갑 속에 넣은 것이 없으면, 아무것도 꺼낼 것이 없다.
T·플러

사치는 로마를 쓰러 뜨렸다. 추위를 막기 위해서는 한 벌의 외투면 충분하다. 만약 이 경계선을 넘어서 의복의 색깔이나 모양에 관심이 쏠렸다면 색다른 열 벌의 외투도 부족하게 될 것이다. 이것이 사치의 커다란 위험이다.
힐티

가난한 사람을 제외하면, 가난한 자(者)를 동정해 주는 사람은 거의 없다.
L·E·랜든

힘든 일은 외모와 얼굴을 거칠게 할 수 있고, 가난은 눈의 아름다운 광채를 흐리게 할 수 있다.
T·플러

가난하다 할지라도 깨끗히 집안을 청소하고, 가난한 집 여자라도 깨끗히 머리를 손질하면 자연히 기품이 나타나기 마련이다. 그러므로 군자는 빈곤과 쓸쓸함과 근심을 당할지라도 자포자기를 해서는 안된다.
채근담

빚과 고리대금에 의존하는 가정생활에는 자유가 없거니와 아름다움도 없다.

입센

부(富)는 그 위에다 예지를 더하면 과보(果報)의 최고 선물이다.

핀다로스

도박은 불확실한 것을 얻기 위해 확실한 것을 건다.

파스칼

사치하면 교만해지고 불손해진다. 인색하면 무례하고 인정이 없어진다. 이 두 가지는 모두 사람이 취할 바가 아니로되, 두 가지 중에 하나를 고른다면 차라리 인색한 것이 낫다.

논어

　　　연인 간의 사랑의 빚 이외에는 누구에게도 아무 빚도 지지 말라.

　　　신약성서

　　　빚을 갚기는 매우 괴로울지라도, 아끼지 않고 소비하는 것은 매우 즐거운 일이다.

　　　에머슨

가난한 자는 복이 있나니, 천국이 저희들 것이니라.

성서

사람에게 있어서 재물과 색(色)을 버리지 못하는 것은 마치 칼날 끝에 꿀이 있는 것과 같다. 꿀과 같은 맛에는 항상 칼날에 혀를 베일 것을 조심해야 한다.

법구경

자녀가 변변치 못하다면 돈을 모아 남겨준들 무엇하리오. 자녀가 영민하다면 구태여 돈을 남겨줄 필요가 어디 있으랴.

영국 격언

불룩한 지갑은 마음을 가볍게 한다.

B·존슨

모름지기 딸은 부유한 집안으로 시집 보내고, 아들은 가난한 집안으로 장가 들게 하라.

고서(古書)

부자와 빈자의 차이는 이렇다. 부자는 먹고 싶을 때 먹지만, 빈자는 먹을 수 있을 때 먹는다는 것이다.

롤리

가난한 사람은 비록 진실을 말해도 잘 믿으려고 하지 않는다.

메난드로스

그대가 소유할 수 있는 것보다 더 많이 소유하는 것은 재앙이다.
J·W·크러치

때로는 부(富)가 성장을 저해하는 요인이 될 수 있
다. 특히 부(富)를 추구하는 것보다 부(富)를 누리
는 것이 그러하다.
로우얼

자기 마음속에 가지고 있지 않은 것은,
아무것도 자기 재산이 아니다.
크라우리우스

검약은 안정의 바탕일 뿐만 아니라, 인정(人情)의 근원이다.
사무엘 존슨

가난은 인간의 내면에서 빛나는 위대한 빛이다.
릴케

물질로 행복을 만드는 것은 아무리 크다 할지라도, 일부분 밖에는 되지 않는다.
청담조사

어떠한 빈곤한 자도 스스로 빈곤을 극복할 수 있는 힘을 가지고 있다.
법구경

부귀와 명예는 그것을 어떻게 얻었느냐가 문제이다. 도덕에 근거를 두고 얻은 부귀와 명예라면 산속에 피는 꽃과 같이 영원히 충분한 햇빛과 바람을 받을 수 있다.
라 로슈프코

수입은 줄잡아 써라. 그러나 연말에 가서는 약간의 여유를 남기도록 하라. 수입보다도 지출을 적게하라. 그렇게 하면 한 평생 동안 그다지 어려움을 당하는 일은 없으리라.
사무엘 존슨

일하지 않고 재산을 소비해서는 안되는 것처럼,

행복을 만들어 내는 일이 없이 행복을 소비해서는 안된다.

버나드·쇼

부귀를 누려도 방탕하지 말며, 가난해도 지조를
잃지 말며, 싸움터에 나가서도 목숨을 아끼지 않
고 굴복하지 아니하면 이는 곧 대장부다운 행동
인 것이다.

맹자

수전노의 돈은 그가 땅속으로 들어 갈 때 비로소 밖으로 나온다.

사디

돈이 행복을 가져다 준다는 것은 옛날부터의 잘못
된 미신이다. 오직 진정한 행복을 얻으려는 사람에
게 돈이란, 장난감 정도로 밖에 보이지 않는다.

동양 격언

돈은 밑 없는 깊은 물 속과도 같다. 명예도 양심도 의리도 다 그 속
에 빠져 버린다.

카즈레

모든 선(善) 중에서 가장 훌륭하다고 생각되는 것들은 다음의 세 가지이다. 즉 재산, 명예, 쾌락이 그것이다. 이 세 가지는 너무나 사람의 마음을 사로잡으므로 최상의 선(善)이라고 할 수 있다.
스피노자

사치를 즐기는 사람은 부유해도 낭비가 많으므로 항상 부족함을 느낀다. 근검을 근본으로 삼는 사람은 빈곤하지만 조금씩이라도 남겨두기 때문에 항상 부족함을 느끼지 않는다.
채근담

모든 사람들이 생각하는 오늘날의 신사*(紳士)란, 여유만 있으면 쓰려고 하는 만큼의 충분한 돈을 가진 사람이다.
버나드·쇼

왕자에게서 받은 옷은, 아무리 아름답다 할지라도 내가 입은 값싼 옷 보다도 못하다. 부자가 먹는 음식이 아무리 맛있는 것이라도, 내 식탁에 있는 한 조각의 빵 보다도 못하다.
사디

---

* 신사(紳士) : 품행과 예의가 바르며 점잖고 교양이 있는 남자.

인간에게 있어서 인색함은 비인도적인 일이지만, 낭비도 그에 못지
않은 비인도적인 일이다. 금전의 낭비, 이것이야말로 인간의 성숙을
파멸시키는 일이다.

고골리

탐욕으로 축적된 부(富)는 물이 달걀을 굳게 하는
것보다 더 빠르게 사람의 마음을 굳게해 버린다.

라 로슈프코

내가 원하는 모든 것을 얻을 때는 항상 경계하라. 살찐 돼지는 결코
행복하지 않다.

J·C·해리스

세상은, 부자(富者)에게는 주고, 빈자(貧者)에게서는 빼앗는다.

허버트

부자가 천국으로 들어간다는 것은 낙타가 바늘 구
멍으로 빠져 나가는 것보다 더 어렵다. 돈 있는 사
람은 착한 일을 하기 힘들기 때문이다.

성서

부(富)를 획득함으로 말미암아,

그들은 얼마나 가난한 영혼을 갖는 것인가!

법구경

부자는 결코 친척을 좋아하지 않는다.

몽고 격언

돈을 가지지 않고도 행복하게 지내는 것은,

돈을 버는 것보다 더 커다란 가치가 있다.

르나아르

큰 부(富)는 하늘에서 주시는 것이요,

작은 부(富)는 스스로 얻는 것이다.

브하그완

모든 사람은 태어날 때부터 제 자신의

재산을 소유할 권리를 갖는다.

교황 레오 13세

부자로 죽는 사람은 죽어
서 망신 당한다.
A·카네기

인간은 지혜와 양심으로 살아야 한다.
돈이 없다고 해도 결국은 살아갈 수 있
지 않았던가. 일반적으로 황금이라고
하는 것은 우리에게 양심이 흐려질 때
그 본색을 드러낸다.
고리키

부당한 이익을 취하지 말라. 그것
은 틀림없이 손해와 같을 것이다.
헤시오도스

물질문명에서 참다운 자아를 찾으려고
하는 것은, 마치 파초의 껍질을 벗기는
것과 같아서 아무리 벗겨도 알맹이는
없고 껍데기 뿐이며, 그러한 인간사회
는 아무런 희망이 없다.
청담조사

물질 생활이 궁핍할 때는 정신 생활의 풍부가 필요하다.
그리고 물질 생활이 풍부할 때는 더욱 정신 생활의 풍부가 필요하다.
법구경

큰 부(富)는 총명과 건강을 방해한다.
프랭클린

그대가 죽을 때 부유하게 되기 위하여,
현재를 희생해서 가난하게 사는 것은
그야말로 완전히 미친 짓이다.
유베날리스

가난하지 않겠다고 결심하라. 무엇을 가졌든지간에 더 적게 쓰라.
가난은 인간이 행복하게 되는데 있어서 큰 적(敵)이다. 가난은 확실
히 자유(自由)를 파괴하고, 약간의 덕행(德行)도 실천할 수 없게 하
여, 모든 일을 극단적으로 어렵게 만든다.
사무엘·존슨

부자가 그의 재산을 자랑한다고 해도, 그가 자기 재산을 어떻게 사
용했느냐를 알게 될 때까지 그를 찬양해서는 안된다.
소크라테스

돈은 아무나 버는 것이 아니다. 돈을 벌 수 있는 사람은 이미 정해져 있다. 정직·성실·근면·절약할 수 있는 사람에 한해서 돈은 그를 주인으로 대접한다.

스페인 격언

물질적인 부(富)와 정신적인 부는, 반드시 병행하는 것이 아니므로 부유하면서도 가난한 사람이 있는가 하면 가난하면서도 부유한 사람이 있다.

브란슈뷔크

재물이란 것이 인간의 도덕적 완성이나 영적인 성숙을 완성하는 것은 아니다. 평범한 인간에게 재물은 단지 타락의 매개물이 될 뿐이다. 하지만 도덕적 완성이나 영적 성숙의 완성 위에 재물을 가지고 있는 인간에게는 유력한 지렛대가 된다.

모파상

자기의 빈곤을 수치스럽다고 여기는 것은 부끄러운 일이다. 그러나 자신의 빈곤을 극복하기 위해 노력을 하지 않는 것은 더욱 더 불명예스러운 일이다.

투키디데스

굶주린 사람들은 이성(理性)의 말을 듣지 않고, 정의에 순종하지 않으며, 어떠한 기도에도 머리 숙이지 않는다.

세네카

부자(富者)의 향략(享樂)은 가난한 사람의 눈물로 이루어 진다.
T·플러

부유하고 지위가 높은 사람치고 이기주의자가 아닌 사람은 없다.
톨스토이

부자가 넘어지면 큰일이라고 소리치고, 가난뱅이가 넘어지면 주정
한다고 빈정댄다.
터어키의 격언

돈의 노예만큼 천박한 노예는 없다.
돈의 노예는 죽을 때까지 풀려나오지 못한다.
브하그완

사람은 재물을 얻기 위해 다른 사람을 배반하며, 불길과 같은 힘으
로 다른 사람의 노고를 파먹을 수가 있다. 사람은 이렇게 위험한 재
물을 기를 쓰며 얻으려 한다.
그리이스 격언

마음이 사치스러우면 뜻이 상하게 되고,
뜻이 상하게 되면 행실(行實)이 상하게 된다.
명심보감

우리가 찬양하는 사람은 가난해도 천해지지 않고,
굴복하지 않는 사람이다.
세네카

맹인(盲人)은 불쌍한 사람이며, 가난한 사람은 보이지 않는다. 전자
(前者)는 사람을 보지 못하고, 후자(後者)는 아무도 보아주지 않기
때문이다.
F·로카우

가난은 세상 사람을 잘못되게 하고,
굶주림은 숲속에서 늑대를 나오게 한다.
비용

생활비를 얻기 위해서 항상 걱정하는 것처럼 인간을 타락시키는 것
은 없다. 돈을 경멸하는 인간을 나는 경멸한다. 왜냐하면 그들은 위
선자이든가 어리석은 자이기 때문이다.
모음

부자가 되고 싶은 자(者)는 누구나 부자가 될 수 있다. 이런 말을 하면 돈을 벌려다 실패한 사람은 화를 낼 것이다. 그런데 그들은 산을 본 일은있으나, 산이 그들을 기다리고 있음은 모른다. 그리고 그들은 그 산에 애써 기어 올라가지 않는다. 돈은 다른 이익과 마찬가지로 우선 충실한 것을 요구한다. 돈을 벌려다 실패한 사람들은 단지 돈을 벌 필요가 있다는 것만 알았지, 애써 산에 충실히 올라가려는 것과 같은 실행을 안한 사람들이다.
알랑

부자는 딴 나라에 가도 곳곳에 자기 집이 있지만,
가난한 자는 제 집에 있어도 궁색하다.
리카아도

재물로 매수한 우정은 그때만의 가치밖에 없다. 이것은 언제까지나 가치가 있는 것이 아니므로 유사시엔 아무런 도움이 안된다.
마키아벨리

최대 다수의 고상하고 행복한 사람들을 먹여 살리는 나라가 가장 부유한 나라이다. 자기 생활의 직무를 최대한으로 완성하고, 그의 소유물들을 이용하여 개인적으로나 또는 다른 사람들의 생활에도 가장 넓고 유익한 영향을 주는 사람이 가장 부유한 사람이다.
J·러스킨

가난과 희망은 어머니와 딸이다. 딸과 함께 놀고 있으면 어머니를 잊는다.
장 파울

아내와 돈지갑은, 될 수 있는 한 숨겨두는 것이 좋다. 너무 남의 눈에 자주 띄면 넘겨다 보일 수 있는 위험성이 있다.
프랭클린

사람은 쾌락(快樂)을 누리기 위해서 부를 갈망한다.
키케로

가장 큰 죄악과 가장 나쁜 범죄는 가난이다.
버나드·쇼

벼락부자의 자만은 참으로 오만하다.

J·게이

'가난은 수치가 아니다'라는 말은 모든 사람이 입
에 담으면서도 아무도 믿지 않는 말이다.

코체프

어떤 사람과 우의를 맺자마자 궁핍한 사람은 벌써 그에게 금전을 빌
리고 싶어 하는 것이다.

쇼펜하우어

물질만능과 배금사상*(拜金思想)이 득세하면 작위의 권위가 아래로
떨어진다.

관자

부와 권력을 쫓다 실패한 사람은,
정직과 용기도 오래 지니지 못한다.

사무엘 존슨

재물을 택하기 보다 명성을 택하라.

메난드로스

＊ 배금사상(拜金思想) : 돈을 제일의 가치로 생각하고 숭배하는 사상

지상에 있는 모든 인간은 돈의 해독을 입고 있다. 이것은 거의 모든 인간이 돈에 얽매여 있기 때문이다.

서양 격언

가난뱅이는 사람 많은 시끄러운 곳에서도 아는 사람이 없으며, 부자는 깊은 산속 조용한 곳에서도 아는 사람이 많다.

명심보감

돈은 우리의 하인이지만, 경우에 따라서 돈은 우리의 주인이 된다.

베이컨

부(富)는 참으로 멋진 것이다. 왜냐하면 이것은 힘을 의미하며, 한가를 의미하고, 자유를 의미하기 때문이다.

로우엘

오늘날과 같은 문명 시대에는 육체적인 굶주림보다도, 정신적인 굶주림을 면하는 것이 훨씬 더 어려운 일이다. 왜냐하면 사람은 배가 부르고 물질의 부를 누리면, 정신은 약해지고 병들기 쉽기 때문이다.

고리키

충분한 돈을 가지고 있지 않으면, 인생의 가능성을 반은 죽인 것이나 다름없다.

모옴

빈곤은, 사람을 겸손하게 만들지만, 더 많은 부분을 약하게 만든다.

벌워 리튼

가난은 그대를 현명하게도 만들고, 슬프게도 만든다.

B·브레히트

쓰라린 빈곤이 사람들의 조롱거리로 만든다는 것보다 더 비참한 고통은 없다.

유베날리스

오늘의 부유한 사람도, 어제 그가 가난했을 때에는 자유롭게 돈을
써 보자는 희망을 가졌을 것이다. 그들은 돈이 없어지는 것을 몹시
겁을 내며 불안해 한다. 결국 부자가 된다는 것은 가난했을 때 생각
했던 것처럼 모든 것이 편안한 것이 아니다. 다만 고통의 성질을 바
꿔 놓은 데 불과하다. 빈곤하거나 부자이거나 인생의 고통을 짊어
진 것은 똑같다.
코르네이유

어리석은 사람은 '내 아들이다. 내 재산이다' 하며 집착에 허덕인다.
이미 나의 '나'가 없거늘 누구의 아들이며 누구의 재산인고!
법구경

신(神)의 손 안에서의 가난이, 어둠 속에서의 부(
富)보다 낫다. 마음이 행복할 때의 빵 한 조각이,
마음이 불행할 때의 기름진 고기보다 낫다.
아메네모페

행복을 즐기는 사람이 부자이다.
H·L·윌슨

part 10

어린이에 대하여

Analects of the World

아이들은 태어나면서부터 여러 가지 성격과 기질을 지니고 있는 무
서운 노인이다.
모리악

아이를 가진 사람은 행복하지만,
아이를 갖지 못한 사람도 불행하지는 않다.
프랑스 격언

어린이의 배움은 쓰고 외우는 것에 있는 것이 아니라, 타고난 지혜
와 재능(才能)을 향상 시키는 데에 있다.
양문공

어린이는 교육을 받아야 하지만,

또한 자기 재능을 개발 하도록 허용되어야 한다.

E·딤네

유년 시절을 갖는다는 것은, 하나의 생애를 가지

기 이전에 무수히 가능한 인생을 사는 것이다.

릴케

나무라 할지라도 한창 자라는 맥을 자르지 않도록 하라.

맹자

자기 자신의 부족한 점이 자식을 통해 실현되기
를 바라는 것은 모든 부모의 경건한 소망이다.
괴테

어린이는 꾸중보다는 본보기를 필요로 한다.
쥬베르

온 집에 큰 불이 붙는데 철부지 아이들은, 그것도
모르고 소꿉장난에 지쳐있구나.
법구경

말없이 훌쩍거리는 아이의 울음은, 분노하는 어른의 울음보다도 더
욱 무서운 저주이다.
엘리자벳 브라우닝

소년아, 야망을 품어라.
W·클라아크

어린아이의 뛰노는 모습을 유심히 살펴보라. 그러면 그곳에 바로 신 (神)의 세계가 있음을 알게 될 것이다.
브하그완

아이들에게는 항상 바르게 대하라. 아이들과 약속 한 일은 반드시 지켜라! 그렇지 않으면 그대는 아 이들에게 거짓을 가르치는 것이 된다.
유대 경전

어린 아기의 세상에서의 첫 걸음은 전 생애가 걸 린 발걸음이다.
볼테르

어린이와 병아리는 언제나 먹고 있어야 한다.
T·플러

공부만 하고 놀지 않는
아이는 바보가 된다.
J·하우얼

어린 시절에 행복한 사람이 행복하다.

T·플러

어린이는 어른의 어른이다.

워즈워드

소년시절에는 모든 책이 예언서와 같다. 미래를 가르쳐 주고, 인생 여로를 내다보는 예언가와 같다.

그린

아이를 가지고 있다는 것은 얼마나 자랑스러운 일인가. 아이가 밥 먹는 모습을 보고, 커가는 모습을 볼 수 있으니 말이다. 그리고 밤에 아이가 천사처럼 잠든 모습을 볼 수 있으니 말이다.

페기

그대들은 그대들 나라의 어린이를 사랑해야만 한다. 이 사랑이야말로 그대들의 새로운 작위인 것이다! 그대들이 그대들 아이의 아버지라는 것을, 그대들의 아이들에게 있어 만회하라. 그대들은 이렇게 해서 모든 과거를 구제해야 한다.

니이체

어린이는 마음의 우상이요, 가정의 우상이며, 모습을 바꾼 하늘의
천사이다.
디킨슨

지나친 애정은 어린이의 영혼을 약하게 한다.
몽테뉴

모든 세대 중에서 소년이 다루기가 가장 어렵다.
플라톤

소녀는 말이 없으나 생각이 많다.
셰익스피어

소년은 소년이다. 소년다운 것을 하게 하라.
라틴 격언

어린이가 없는 곳에 천국은 없다.
스윈번

청춘은 사랑 하기에 알맞은 시절이요,
노경은 덕성의 베품에 알맞는 시절이다.
그랜빌

어린 아이들이 장난하고 있는 것을 보라. 그들은 그것을 이용하기 위해서 하는 것이 아니라, 세웠다가 부수고 하는 그 활동자체에 행복을 느끼고 있다.
리프스

어린 아이들에게, 보다 큰 가능성이 있다.
톨스토이

아직도 순수하여 하느님의 눈에 거슬리지 않은 것이 있다면, 그것은 하나님의 손에서 갓 나와 더럽혀지지 않은 어린 아이 일 것이다.
스톤더드

어린이가 아무것도 하지 않을 때에도 그들은 성장하고 있다.
필딩

소녀는 어떠한 일이든 가슴 셀레는 것을 바란다.
까닭없이 고민하고, 그 고민을 다시 과장한다.
엘리자벳 포우엔

누가 어린이의 생각을 알고 있는가?
N·페리

우리에게 가장 중요한 것은 어린 시절이다.
쿠퍼

당신의 아이에게 입을 다물도록 가르쳐 보라. 그래
도 아이는 금방 말하는 것을 배우고 말 것이다.
프랭클린

어린 아이들의 존재는 이 땅 위에서 가장 빛나는 혜택이다. 죄악에
물들지 않은 어린 아이들의 생명체는 끝없이 고귀한 것이다. 우리
는 어린 아이들을 사랑할 수밖에 없다. 우리는 어린 아이들 속에서
아름다움을 발견하고, 행복을 느낄 수 있다. 어린 아이들의 생활은
순수한 자연과 같다.
아미엘

무한한 가능성을 가지고 있는 티없이 맑은 아이들이 계속해서 태어
나지 않는다면, 이 세상은 얼마나 인위적인 것이었을까?
러스킨

part 11

술(酒)에
대하여

Analects of the World

흙탕물에서 남성은 여성을, 여성은 남성을 낚았다.
술은 그들이 사용한 미끼였다.
로우던스타인

　　　　다른 사람들이 내는 술값은 황홀하고, 미칠듯이
　　　　기쁘며, 말로 다할 수 없이 즐거운 일이다.
　　　　H·S·리

맛이 진한 술이나 살찐 고기, 고추 등과 같이 매운 것이나, 사탕같이
단것은 결코 참다운 맛이 아니다. 참다운 맛이란 담담하고 흐뭇한
밥맛과 같다. 사람도 이와 같아서, 신기한 일을 한다거나 묘한 일을
한다고 해서 그 사람이 훌륭한 사람은 아니다. 훌륭한 사람은 평범
한 일이라도 언제나 처음과 끝을 평온하게 해 나가는 사람이다.
채근담

술은 인간의 성품을
비추는 거울이다.
아르케시우스

사람이 억제하기 어려운
순서를 말해보면,
술과 여자와 노래이다.
프랭클린

209

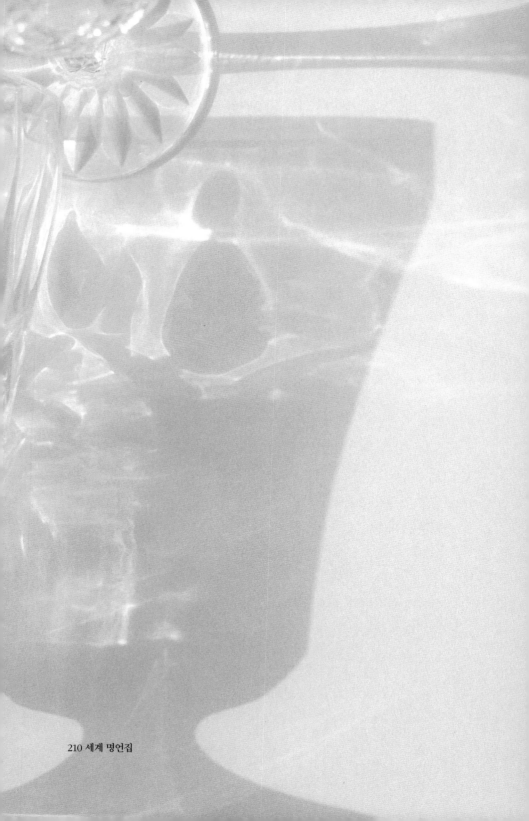

음주는 일시적인 자살이다. 음주가 가져다주는 행복은, 순간의 소극적인 행복으로써 불행의 일시적인 중절(中絶)에 불과하다.

러셀

진실은 술 속에 들어 있다. 오늘날 진실을 이야기할 기분이 되기 위해서는 취해야 한다.

리케르트

술은 용기를 주고, 사람을 쉽게 열정적으로 만든다.

오비디우스

바다에 빠져 죽은 사람보다, 술에 빠져 죽은 사람이 더 많다.

T·플리

술을 잘 마시는 사람이 잠을 잘 잔다.

T·윌슨

전쟁과 흉년, 전염병 이 세 가지를 합한 것도 술의 피해와 비교되지 않는다.

글랫스턴

술이 나쁜 것이 아니라 폭음이 나쁜 것이다.
프랭클린

술이 사람을 취하게 하는 것이 아니라 사람이 스스로 취하는 것이다. 색(色)이 사람을 혼미(昏迷)하게 만드는 것이 아니라, 사람이 스스로 색(色)에 혼미해지는 것이다.
명심보감

술과 미인, 이 두 가지는 모두 악마의 그물이다. 경험이 많은 새도 이 그물에 걸리면 꼼짝하지 못한다.
리케르트

술은 우리의 마음속을 터놓게 한다. 술은 하나의 도덕적 성질, 다시 말해서 마음의 솔직함을 운반하는 물질이다.
칸트

인류를 괴롭히는 가장 무서운 해독들은 술로부터 온다. 술은 병마와 싸움과 게으름과 일하기 싫어하는 것의 원인으로, 모든 종류 패악의 원인이다.
페늘롱

어느 누구도 술좌석에서 취하지 않고, 건강하게, 그리고 제정신으로
일어난 것을 후회하지 않는다.
H·S·리

목이 마를 때의 한 모금의 술은 달콤한 이슬 같
으나, 취한 다음에 한 잔을 더하는 것은 먹지
않는 것이 낫다.
명심보감

거울은 당신의 흩어진 머리칼을 비춰준다. 술은 당신의 흩어진 마음
을 비춰 준다. 술잔 앞에서는 당신의 마음을 굳게 여미라!
독일 속담

노동은 매일을 풍요롭게 만들고, 술은 휴일을 행복하게 만든다.

보들레르

남자가 술을 마시면 집이 반 정도 불에 타고,
여자가 술을 마시면 집 전체가 불에 탄다.

러시아 격언

칼로 물을 베면 다시 흘러가고, 잔을 들어 술을 마시면 근심이 더욱
깊어진다.

이태백

더 이상 술잔에 손대지 말라. 가슴 속속드리
병들게 한다. 술잔의 향기는 죽음의 입김이요,
술잔 속에 보이는 빛은 죽음의 눈초리이다. 질
병과 슬픔과 근심은 모두 술잔 속에 있나니,
조심하라. 조심하라.

롱펠로우

우리는 서로의 건강을 위해서 축배하고, 자신들의 건강은 해친다.

허버트

즐거운 때에 배운 술은 웃는 버릇을, 슬플 때에 배운 술은 우는 버릇을, 공연히 먹게 된 술은 그저 먹는 버릇을 키워 줄 뿐이니, 버릇이란 이처럼 처음의 것이 거듭 쌓여서 이루어지는 것이다.
몽테뉴

넘치는 술잔! 이것이 그 누구를 웅변가로 만들지 않겠으며, 찢어지는 가난 속에서도 영혼의 자유로움을 느끼지 않은 자 그 누구였던가.
호라티우스

하느님은 물을 만드셨지만, 인간은 술을 만들었다.
V·위고

술잔과 입술 사이에는 많은 실수가 있다.
팔라다스

무엇보다도 술로 인한 싸움은 피하라.
오비디우스

적당하게 마셔라. 술에 취하면 비밀을 유지하기도, 약속을 지키기도 어렵게 된다.
세르반데스

술과 인간은 끊임없이 싸우고,
끊임없이 화해하는 사이좋은 투사와 같다.
보들레르

한 잔의 술은 건강을 위해서, 두 잔의 술은 쾌락
을 위해서, 세 잔의 술은 방종을 위해서, 네 잔의
술은 광기를 위해서 마신다.
아나카르시스

3년 간 계속해서 술을 마셔라. 그렇게 하면 돈이 떨어진다.
3년 간 계속해서 술을 마시지 말라.
그렇게 해도 돈은 수중에 남아 있지 않다.
중국 격언

천둥은 만물을 비추는 거울이고,
술은 마음을 비추는 거울이다.
아이스킬로스

어떤 경우에 있어서 시비를 따지는 것은, 어리석은 짓이다.
하물며 술에 취하여 시비를 따지는 것은 더욱 어리석은 짓이다.
고리키

술이 도(度)가 지나면 어지러워지고,
즐거움이 도가 지나면 슬퍼진다.
사기(史記)

꽃은 반쯤 핀 것을 바라보고, 술은 반쯤 취하게 마신다.
그 속에 아름다운 향취가 있다.

채근담

아! 네 눈에 보이는 술의 정(精)이여, 만일 네게
적당한 이름이 없다면 우리는 너를 악마라고 불
렀을 것이다.

셰익스피어

part 12

젊음(靑春)에
대하여

Analects of the World

청춘이란 참으로 기묘한 것이다. 외부는 밝게 빛나고 있지만, 내부는 공허함으로 가득차 있다.

사르트르

청춘은 미래가 있다는 것만으로도 행복하다.

고골리

청년이 가질 수 있는 최상(最上)의 장점은 겸손, 자식으로서의 애정, 그리고 혈족에 대한 헌신이다.

키케로

모든 젊은 사람은 까불고 돌아다니기를 바라며, 관습을 무시한다. 그들의 대부분은 전혀 분별(分別)도 없이 그렇게 하려고 한다.

데이비즈

추억은 식물과 같다. 과거이든지 현재이든지 모두 싱싱할 때 심어
두어야지 그렇지 않으면 뿌리가 약하게 되므로 우리는 현재의 싱싱
한 젊음 속에서 싱싱한 일들을 남겨 놓아야 한다.
상트 뵈에르

세상에서 젊음처럼 소중한 것은 없다. 젊음은 돈과 같다. 돈과 젊음
은 모든 것을 가능하게 한다.
고리키

내가 젊었을 때의 인생은 양양한 바다였다. 수평선은 무한한 동경과 약속을 가지고 내 눈썹 끝으로 떠올랐었다. 그러나 이따금 그 바다가 조각 조각 균열이 난 백탁*(白坼)된 광야로 밖에 보이지 않는 것은 무슨 까닭이었던가? 그것은 여성미(女性美)의 매력, 영겁의 되풀이에 대한 숙고(熟考)함에 있었던 것이다.
법구경

젊은이들은 앞으로 재빠르게 전진한다. 모든 기쁨의 나라는 그들의 눈 앞에 펼쳐져 있다. 그러나 늙은 사람들은 넘어지면서 하루 또 하루, 여전히 뒤를 돌아보면서 느릿 느릿 제자리 걸음을 한다. 모든 기쁨의 나라는 그들의 뒤에 있기 때문이다. 슬픔 때문에 망설이지 말라. 오직 앞으로, 앞으로, 목적을 이루는 그 시각까지!
켐블

청년기는 실수의 시기요, 장년기는 투쟁의 시기이며,
노년기는 후회의 시기이다.
디즈레일리

젊을 때에는 노경(老境)을 위하여 저축하고,
늙었을 때에는 죽음을 위하여 저축한다.
라 브뤼에르

* 백탁(白坼) : 하얗게 열리다.

젊음을 올바로 다스릴 줄 아는 사람이
노년을 편안하게 보낸다.
장자

정열에 가득차 있는 남자는 미친 말을 다스릴 수 있다.
프랭클린

청춘이 즐겁다는 것은 미상*(迷想)이다. 청춘을 잃어버린 자들의 미
상이다. 젊은이들은 자신의 비참함을 알고 있다. 왜냐하면 현실이
아닌 이상을 교육받은 젊은이들은 현실에 직면했을 때, 그 마음이
상처받기 때문이다.
모음

도대체 '젊음'이란 '전략' 위에 있는 것일까, 아니
면 '전략' 아래에 있는 것일까?
대망경세어록

정열은 영혼의 문이다.
그라시안

* 미상(迷想): 갈피를 잡지 못하는 어지러운 생각

우리들 어른들이 청년들에게 가르쳐야 할 처세에 대한 지식은, 현실
은 반드시 이상과 함께 살아가야 한다는 것이다.

슈바이처

　　　　　새로운 사상을 끊임없이 흡수하도록 정신적 습관을

　　　　　붙이는 것, 언제나 싱싱하게 젊자면 이 습관이 필

　　　　　요했다. 마르비다가 죽을 때까지 젊었던 것처럼.

　　　　　로망 롤랑

나의 청춘을 어둡게 한 것, 현실보다 가상(假想)을 사랑한 것, 인생
에 등을 돌린 것에 대해 나는 후회하고 있다.

지이드

젊은이는 가르침을 받는 것보다 자극 받기를 원한다.
괴테

인생에 있어서 가장 해로운 착오는, 모든 사람들이 시시각각으로 죽음에 가까워지고 있다는 사실을 망각하고 있다는 점이다. 사람들이 젊으면 젊을수록 이 착오의 도(度)는 더욱 심하다.
인도격언

당신이 시간과 재능과 돈과 머리와 기술과 조직을 갖고 있다 할지라도, 젊음을 갖고 있지 않다면 당신은 아무것도 성공시킬 수 없을 것이다. 젊음이란 인생에 있어서 끊임없는 에너지이며, 꺼지지 않는 왕성한 추진력이다. 젊음이란 인생을 얼마든지 풍요롭게 가꿀 수 있는 무한대의 자원을 가진 힘의 보고(寶庫)이다.
슐러

젊은이들은 자기보다 나이 많은 사람을 노망한 사람으로 간주하는 격정이 있다.
애덤즈

젊음을 가장 사랑하는 사람이, 젊음을 가장 오래 간직한다.
프리텐버그

청년 시절에 여러 가지 실수를 저지르지 않은 사람은 중년이 되어 아무런 성공도 하지 못할 것이다.
코린스

뜨거운 정열을 가지 자를 청년이라고 한다.
라 로슈프코

만약 내가 신(神)이었다면,
나는 인생의 마지막에다
청춘을 놓았을 것이리라.
아나톨 프랑스

젊은 시절에는 사랑하기 위해서 살고,
나이가 들면 살기 위해서 사랑한다.
테블몬

친구들이여! 우리가 젊었을 때, 우리들은 너무나도 괴로웠다. 청춘 그 자체에 대해 마치 중병을 앓는 것처럼 번민했던 것이다. 그것은 우리에게 던져진 시대의 탓이었다. 크나큰 내면의 퇴폐와 분열의 시대 탓이었다. 그것은 모든 위선으로 젊은이들의 정신을 억압했었다.

니이체

젊고도 아름답고, 아름답고도 젊어야 한다.

라 로슈프코

　　　　　젊은 시절에는 불만은 있어도 비관해서는 안된다.
　　　　　언제나 항전(抗戰)하고, 또 자위(自衛)하라.

　　노신

젊을 때 우리는 배우고, 나이를 들어서 우리는 이해한다.

에셴바흐

청년에게 권하고 싶은 세 마디가 있다.

그것은 바로 청년들아 일하라!

청년들아 더욱 일하라!

청년들아 끝까지 일하라! 이 세 마디이다.

비스마르크

이따금 젊은 사람에게 있어서, 삶은 그 자체가 죽음보다 더한 고통일 때가 있다. 자신을 억제하고 근신하며 살라고 하면, 그것은 견딜 수 없는 고통의 연속일 때가 있다.

대망경세어록

그 시절, 나의 입은 노래하고 있었고, 나의 걸음걸이는 춤추고 있었다. 하나의 리듬이 나의 사상을 날개 하고, 나의 존재를 다스리고 있었다. 나는 젊었던 것이다.

지이드

술에 취한 사람이 자기는 똑바로 가고 있다고 생각하는 것과 같이, 젊은이는 스스로를 영리하다고 생각하기 쉽다.

체스터필드

돈이 있으면 이 세상에서 많은 것을 할 수 있다. 하지만 청춘은 돈으로 살 수 없다.

라이문트

아! 청춘, 인간은 청춘을 한때 밖에 누리지 못하고, 나머지 인생은 청춘을 회상하며 산다.

지이드

인간이 지녀야 할 품성을 청년 시절에 가지게 되면 눈부신 빛이 나고,
노년기에까지 가지게 되면 남에게 공경을 받을 위엄을 갖춘다.
에머슨

사랑과 평화를 동시에 가질 수 있는가?
이 가혹한 선택에 직면해야 하는 청년은 불행하다.
평화가 없는 사랑인가, 사랑이 없는 평화인가?
포마르쉐

청년은 희망의 그림자와 동행하고,
노인은 회상의 그림자와 동행한다.
키에르케고르

젊은이들아, 노인들의 젊은 시절에 많은
귀를 기울이게 했던 노인들의 말을 들으라.
플루타르쿠스

청년은 확실한 가치만을 사면 안된다.
청년은 여러 방면에 도전해야 한다.
콕토

위대한 일의 대부분은 청년기에 이룩되었다.
디즈레일리

젊음은 칭찬받는 계절인 봄을 닮았다.

패틀러

청춘은, 곁에서 유혹하는 사람이 없는데도 스스로
를 모반(謀反)하고 싶어한다.

세익스피어

청춘은 인생의 황금기이다. 우리는 이 황금기의 가치를 충분히 발
휘하기 위하여, 이 황금기를 영원히 붙잡아 두기 위하여 힘차게 노
래하며 힘차게 약동하자.

민태원

청춘의 피가 뜨거운지라 인간의 동산에는 사랑의 피가 돌고, 이상의
꽃이 피고, 희망의 태양이 뜨고, 열락(悅樂)의 새가 운다.

민태원

모든 청년은 그가 언젠가 죽는다는 것을 믿지 않는다.

헉슬리

젊었을 때 고생의 쓴물을 마셔보지 않은 사람은
인생의 참맛을 모른다. 나는 고생을 스승으로 여
긴다. 사람은 고생을 겪어보지 않으면 교만하고
우쭐대는 습성이 있다.

야마모또 유소

젊은 사람들은 인내를 요구하는 것을 사랑하지 않기 쉽다. 왜냐하
면 그들은 하고 싶은 것이 너무 많아서 중간에 싫증을 내거나 따분
하게 여기기 때문이다.

발레리

젊음, 그것은 힘의 원천이다. 청년들이여! 결코 좌절하거나 낙망하지 말라. 그대 안에 이미 무한한 힘이 잠재하고 있으니, 보다 강한 정신력(精神力)으로 그 힘을 일깨우라 ! 정신을 그대의 참된 지배자가 되게 하라. 무력한 육체의 노예가 되지 말라.

에머슨

40세 전에 시인인 사람은 시인이 아니라 단순한 인간에 지나지 않는다. 그러나 40세가 넘어서 시인이라면 그는 진정한 시인이다.
페기

사람의 덕행! 그 중에서도 젊은 청년들의 아름답고 순수한 덕행은 언제나 변하지 않는 까닭에 더욱 더 존귀하게 보인다.
보브나르그

노년의 서글픔은 그들 자신이 늙었다는 데 있는 것이 아니라, 그들 자신이 아직도 젊다고 생각 하는 데 있다.
와일드

청춘은 이유도 없이 웃는 법이다.
바로 이것이 청춘의 가장 중요한 매력 중의 하나이다.
와일드

승리 하는 데는 진실과 정성 이외에
열정이 필요하다.
불워 리튼

청춘은 허세가 아니다. 청춘은 예술이다.
와일드

우정은 청춘기에 부여되는 필연적인 선물이다.
오슬러

시간이 이다지도 빨리 흐르는 것은 우리가 시간에 이정표를 만들어 놓지 않기 때문이다. 중천에 떠오른 태양과 지평선의 달의 경우도 이와 마찬가지이다. 청춘은 충만하기 때문에 그토록 길고도 짧은 것이다.
까뮈

청춘은 환락을 요구하고, 환락은 사랑을 부른다.
에이큰사이드

청년이 청년을 인도하는 것은 맹인(盲人)이 맹인을 인도하는 것과 같다. 그들은 도랑에 빠질 것이다.
체스터필드 경

젊은이들의 마음은 앞만 보기 쉽다. 그러나 늙은 사람의 마음은, 앞뒤를 모두 돌아본다.
호메로스

젊은이들은 현재의 행복이 실현됨을 보고 즐거움을 찾고, 늙은이들은 젊은 시절의 행복을 돌아보고 그때의 행복을 회상함으로써 즐거움을 찾는다.
콜리지

향기를 밝혀라

청춘이 미래를 재잘거리는 것은,
청춘이 미래를 내것으로 하지 못했기 때문이다.

미시마 유끼오

노년의 결핍을 보충할 수 있는 것을 청년 시절에
몸에 익혀두라. 노년의 보물은 지혜라는 것을 이해
하다면, 지혜의 노년이 되도록 젊을 때 공부하라.

다빈치

청춘 시절의 실수는 장년의 승리,
노년의 성공에 밑거름이 된다.
디즈레일리

분연히 떨쳐 일어날 때 일어나지 않고, 젊음을 믿어 힘쓰지 않으며, 마음이 약하고 인형처럼 게으르면, 그는 늘 어둠 속을 헤매고 다니리.
법구경

정열이 지배하는 곳에서는 이성(理性)이 얼마나 약한 것인가를 체험한다.
드라이덴

젊은 사람들에게 정열은 아름다운 것이며, 매우 어울린다. 그러나 나이먹은 사람들에게는 유머, 미소, 성내지 않는 것, 세계를 한 폭의 그림으로 보는 것, 사물을 오직 순간의 유희처럼 바라보는 것 등이 어울린다.
헤르만 헤세

하루에는 새벽이 두 번 있지 않고 인생에는 청춘이 두 번 오지 않으니, 젊어서 부디 배움에 힘써라. 세월은 결코 나를 기다리지 않는다.
주희

우리들의 정열은 물과 불 같아서,

좋은 하인이면서 나쁜 주인이다.

이솝

낙천주의에 있어서 가장 무서운 요소는 젊음이다. 젊음은 행복의 길이 오래 지속된다고 믿고, 불행의 길이 일시적이라고 믿는다.

채플린

게으른 소년과 따뜻한 침대를 떼어 놓기란 매우 어려운 일이다.

덴마아크 격언

젊었을 때 지나치게 방종하면 마음의 윤기가 없어진다.

또한 젊었을 때 지나치게 절제하면 머리가 굳어져 버리고 만다.

상트 뵈에르

젊음은 생각보다는

실행에 더 적합하다.

베이컨

청춘은 인생에 있어서 단 한 번 뿐이야.

롱펠로우

영혼이 깃들어 있는 청춘은 그렇게 쉽사리 사라지지 않는다.

한스 카로사

part 13

청년(靑年)과 노인(老人)에 대하여

Analects of the World

노인은 혼자 중얼거리고, 청년은 아무것도 말할 것이 없다.
뱅빌

청년기보다는 장년기가 더 성숙하다.
아에스킬루스

젊은이는 다르게 보이지만, 노인은 똑같아 보인다.
유베날리스

청춘을 잃는 것도 우울한 일이지만, 허약의 문을 통해서 노년기로
들어가는 것은 더욱 우울한 일이다.
월포올

젊은이는 희망을 생각하며 살고, 노인은 추억을 생각하며 산다.
프랑스 격언

수줍음은 젊은이들에게는 장식품이지만,

노인들에게는 치욕이다.
아리스토텔레스

젊은이들은 노인이 모두 바보라고 여기지만,

노인들은 젊은이들이 모두 바보라는 것을 알고 있다.
G·채프먼

청년은 성장의 시기이요, 중년은 성숙의 시기이며, 노년은 소비의
시기이다. 방심한 청춘 뒤에는 대개 무력한 중년 시기가 뒤따르고,
무력한 중년 시기 뒤에는 껍데기뿐인 노년 시기가 뒤따른다. 청년기
에 허영심과 거짓말 밖에 먹고 살 것이 없는 자(者)는 노년기에 슬
픔의 밑바닥에 누워 있을 수 밖에 없다.
브레드 스트리트

청년은 정절*(貞節)하려 해도 정절해지지 못하고, 노인은 부정(不貞)
하려해도 부정해지지 못한다.
와일드

사람들은 현명해지기 위해서는 늙어야 한다고 착각을 한다. 그러나 사
실은, 나이가 들어가면 이전의 현명함을 지니고 있기가 어렵게 된다.
괴테

＊ 정절(貞節) : 곧은 절개

243

모든 일을 용서받는 청년기에는 스스로 아무 일도 용서하지 않으며,
스스로 모든 일을 용서하는 노년기에는 아무에게도 용서받지 못한다.
버나드·쇼

나이든 사람은 현실적인 것을 좋아하고,
충동적인 젊은이는 황홀한 것을 좋아한다.
페트라르카

노령*(老齡)은 얼굴보다 마음에 더 많은 주름살이 있다.
몽테뉴

노령(老齡)은 죽음으로 둘러싸인 성이다.
몬탈보

노경(老境)을 그토록 슬프게 만드는 것은, 즐거움
이 없어지기 때문이 아니라 희망이 없어지기 때
문이다.
장 파울

* 노령(老齡) : 늙은 나이

나이를 먹는 것은 아무런 비술도 아니다. 사람이 나이를 먹고서도 간직해야 할 비술은 나이가 많이 들었어도, 몸과 마음의 젊음을 유지하는 것이다.

괴테

늙어서 따뜻하게 살고 싶은 사람은,

젊을 때 난로를 만들어 두어라.

독일 격언

노경은 고집세고, 불안하고, 빈틈이 없고,

즐거워하기 힘들고, 인색하다.

테넘 경

이성과 판단이 성숙되는 것은 노년기에서다. 노인들이 없었더라면 그 어떤 나라도 존재하지 못했을 것이다.

키케로

잔소리는 노인이 가지고 있는 병이니, 말없는 노인을 본다는 것은 기적에 가깝다.

B·존슨

늙은이들은 흔히 화를 잘 내며, 자기 고집으로 산다.

쉘리

청춘은 사랑하기에 알맞은 시기요,

노경은 덕성(德性)의 시기이다.

그랜빌

어른이 되는 것은 외로워지는 것이다.

로스랑

늙어감에 따라 사람은 더 현명해진다.

라 로슈프코

70세에는 사랑이 절름발이가 된다.

하디

청춘은 노력이고, 노년은 결과이다.

반즈

늙음은 모든 것을, 심지어 기억력까지도 훔쳐간다.

베르릴리우스

사십 세에 바보는 진짜 바보다.

E·영

어떻게 늙어야 하는지 아는 사람은 거의 없다.

허버트

늙은이는 자연에 의하여 저주받은 두 번째 어린아이다. 그는 첫번째의 어린 시절보다 더 성질이 고약해지고 더 사악하다. 약하고, 메시껍고, 고통으로 얼룩지고 숨을 쉴 때마다 삶을 희망하면서도 죽음을 두려워한다.
세네카

육체(肉體)의 세계만을, 실재(實在) 하는 중요한 것으로 인정하는 감정(感情)의 기만(欺瞞)에서 해방됨으로써만, 인간은 스스로의 참된 사명을 깨달으며, 삶의 목표를 달성(達成)할 수 있는 것이다.
톨스토이

그대는, 그대의 육체가 나타내고 있는 그러한 인간이 아니다. 육체는 청년에서 노인으로 변해 간다. 그대의 진정한 모습은 '정신'이다. 정신은 손가락으로 가리킬 수 있는 그런 것이 아니다. 그대는 일종의 신(神)에 속하는 존재이다. 그대 속에 깃들어 있는 정신이 움직이고, 느끼고, 기억하고, 예견(豫見) 하고, 지배(支配) 하여 육체를 이끌어 나가고 있음을 알라. 신(神)이 이 세계 위에 군림 하고 있듯이, 정신은 육체 위에 군림 하고 있는 것이다. 그리고 영원한 신이 세계를 이끌어 나가고 있듯이, 불멸(不滅)의 정신이 그대의 변화해가는 약한 육체를 이끌어 나가고 있는 것이다.

시세로

사람이 젊고 그 생각이 젊으면 젊을수록 물질적인 현실을 믿는 힘이 크다. 그러나 나이가 들고 지혜가 깊어지면 깊어질수록 이 세상의 정신적인 영성을 믿는 힘이 크다.

톨스토이

하늘을 우러러보고 땅을 굽어보고, 그리고 생각하라. 젊음이 지나가면, 산도 내(川)도 다 지나가는 것이다. 인생의 갖가지 다른 형상도 자연의 산물도 모두 지나가는 것이다. 그대 마음이 이것을 깨닫는 순간, 그대의 마음에 광명(光明)이 비치기 시작하리라.

불경(佛經)

part 14

노동(勞動)에
대하여

Analects of the World

경작하는 것은 기도하는 것이요, 심는 것은 예언하는 것이며,
추수하는 것는 완성하는 것이다.
R·G·잉거솔

인생은 일을 하는 시간을 제외하고 나면, 따로 산 시간이
라곤 찾아볼 수 없다. 인생을 노동하는 시간에 소비하고
만 것이며, 노동하는 시간 외에 따로 살 틈이 전혀 없는
것이다. 살기 위해서 머리가 하얗게 시도록 만 분의 일 초
도 쉴 새 없이 일만 하다가 언제 어떻게 죽는지 알지 못
한다.
청담조사

노동과 질서와 성실이 있는 곳에는 기쁨이 있다.
라파아텔

정성들여 부지런히 땅에 씨뿌리는 사람이, 수천
번을 기도하는 사람보다 더 풍성한 종교적 결실
을 얻는다.
조로아스터

일한다는 그 자체는 칭찬할 수 없다. 중요한 것은 일하는 목적에 있
다. 일하는 목적에 따라 일의 가치가 결정되기 때문이다. 악마도 일
은 하지만, 그 악마가 일하는 목적은 잘못된 목적이다.
마사릭

거친 노동을 사랑하고, 눈에 새로운 것, 진기한 것
을 찾고 있는 그대들이여! 그대들의 근면은 자아
를 찾고자 하는 의지인 것이다.
니이체

고뇌는 슬픔을 극복하려는 노동 앞에서는 작아진다.
볼테르

노동을 즐겨하면 가난은 즉시 달아나 버린다.
하지만 노동을 싫어하면 가난은 자꾸만 달려 든다.
라이닉

노동없이 휴식에 이를 수 없고,
전투없이 승리에 이를 수 없다.

토머스 아·켐피스

인간은 그가 종사하고 있는 노동 속에서
그의 세계관의 기초를 구해야 한다.
페스탈로찌

노동은 생명이요, 사상이요, 광명이다.
위고

나는 언제나 노동을 하고 있다. 그리고 늘 생각한다. 내가 언제나 어떠한 일에 당면했을 때에 당황하지 않고 즉시 일을 처리하는 것은 미리 여러 가지 경우에 대비해서 잘 생각해 두었던 까닭이지, 내가 천재여서 그렇게 된 것은 아니다.
나폴레옹

노동으로 양념한 만족 속에서만 인생의 즐거움이 깃든다.
코체프

일해서 얻은 것은 무엇이든 기분 좋은 것이다. 일의 고생이 크면 클수록 그 상쾌함도 한층 증가할 것이다.
고리키

고심한 일의 성과는 최상의 감미(甘味)로운 기쁨이다.
보브나르그

일로 말미암아 인간이 죽는 일은 없다. 하지만 빈둥거리며 놀고 지내면, 신체와 생명이 모두 망가져 버린다. 새는 날도록 태어난 것과 같이, 인간은 노동을 하도록 태어났기 때문이다.
루터

씨를 뿌리고, 김을 매고, 거름을 주어 곡식을 거두는 것은 그 노력의
댓가를 얻을 뿐 아니라, 훌륭한 명예도 얻는다.
법구경

태양 아래 모든 것은 일이다. 잠 잘 때까지도 땀 흘려 일하라!
G · 뷔히너

나는 안정된 생활과 노동의 최저 생활수준을 전면적으로 보장하는
것을 실현시키기 위해서 노력할 것을 맹세한다. 우리들은 최저의 생
활수준을 그어 놓고 살아가는 인간이 이 수준 이하의 생활을 한다
든가 하는 것을 없애고, 이 생활수준 위에서 사람들이 전력을 다해
당당히 생활해야 한다는 것을 말하고 싶다.
처어칠

게으름뱅이가 잠자고 있는 동안에 깊이 밭갈(耕)라. 그렇게 하면 그
대는 곡식을 팔고 또한 남겨 놓을 수도 있을 것이다.
프랭클린

인간의 쉴새 없는 일평생의 노동은
죽음의 집을 짓는 것이다.
몽테뉴

게으름은 마음의 잠이다.
보브나르그

그대의 환경과 그대의 신분이 어떻든지 노동을 사랑하라.
노동은 인간에게 부여된 운명이라고 생각하라.
톨스토이

인간은 일할 수 있는 동물이다. 인간은 일할수록
힘이 솟아난다. 그러므로 인간이 하려고 마음만 먹
으면 어떠한 일이든지 해낼 수가 있는 것이다.
고리키

노동은 모든 일의 근본이다.
R·G·잉거솔

해야 할 많은 일은 게으름의 향락을 즐기는 것을
불가능하게 한다.

제롬

누구든지 일하기 싫어하거든 먹지도 말게 하라.

신약성서

정직한 노동은 존경스러운 얼굴을 탄생시킨다.

T·데커

신성한 노동은 고귀한 마음의 자양물(滋養物)이다.

세네카

노동이 정직하면 그 보수는 당연하다.

괴테

육체의 노동은 많이 벌지 못한다.

T·플러

인간을 위대하게 만드는 것은 노동이다.
문화란 노동의 산물이다.

스마일즈

땅을 경작하는 것이, 인간의 가장 중요한
노동임을 잊지 말아야 한다.
웹스터

대부분의 경우, 곤란은 태타*(怠惰)의 딸이다.
사무엘·존슨

바보에게는 황금을 주고, 악당에게는 권력을 주라.
운명의 물거품은 일어났다가 꺼지도록 내버려두라.
들판에 씨뿌리며, 꽃을 가꾸며, 나무를 심는 사람이
어느 누구보다도 좋구나.
휘티어

두 가지의 일을 두고 무엇을 먼저 할 것인가? 하고 망설이기만 하
는 사람은 결국 아무 일도 하지 못한다.
워즈워드

직업에 대해 말하면, 군인은 너무나 통속적이고, 목사는
너무나 나태(懶怠) 하고, 의사는 너무나 탐욕적이며, 법
률가는 너무나 강력하다.
콜튼

＊ 태타(怠惰): 아주 게으름

동서고금을 통해서 어느 곳에 가더라도 똑같이 수고와 노동에는 보수와 기쁨이 따르는 법이다.

라파아텔

자기 자식에게 육체적인 노동을 가르쳐라!

탈무드

육체적 노동은 정신적 고통을 해방 시킨다.
따라서 가난한 사람이 행복해 진다.

라 로슈프코

사람이 이것도 저것도 할 수 없다고 생각하는 한,
아무것도 이루지 못한다.

스피노자

사람은 자기의 성격과 직업이
서로 맞을 때에 행복을 느낀다.
베이컨

잠자는 거인보다, 일하는 난쟁이가 훌륭하다.
세익스피어

절제와 노동은 인간에게 참된 의사이다.
루소

게으름은 잘못된 교육의 가장 악한 죄이다.
허버트

일의 완성에서 오는 성과는 참다운 기쁨이다. 하지만 중도에 내동
댕이친, 손대지 않고 내버려 둔 일은 마침내 산더미같이 쌓여서 사
람을 괴롭힌다. 이것이야말로 진정 괴로운 일이다.
푸불리우스 시루스

인간이 비참한 대부분의 원인은 태타(怠惰)이다.

리히텐베르크

가장 편안한, 최상의 기쁨 중의 하나는,
노동을 하고 난 뒤에 취하는 휴식이다.

칸트

나태(懶怠)는 치욕이다.

헤시오도스

잠자는 것은 일어나기 위한 것이고,
휴식을 취하는 것은 일하기 위한 것이다.

토쿠토미 소호오

기도는 하늘에서 축복을 받고, 노동은 땅에서 축복을 받는
다. 이 두 가지는 당신의 가정에 큰 행복을 가져다 준다.

몽테뉴

우리는 결코 완성된 기름진 땅을 찾아온 것이 아니다. 이 불모(不毛)
의 광야를 개간하고, 그 위에 우리 피의 부드러운 잔디를 나게 하기
위하여 이 땅에 온 것이다.

법구경

세상의 상점에는 물건을 산더미처럼 쌓아 가지고 있으나, 그것은 노동과 교환하여 팔며, 근면에 의해서만 살 수 있다.

로오가우

사람은 늘 일을 해야만 한다. 일을 함으로써 인간이 살아가는 의의도, 행복도, 모두 발견할 수가 있다.

체홉

일하고 있는 사람은, 언제나 기회가 있다,

허버트

여가는 노동의 보수다.
J·레이

모든 대가(對價)는 노동에 의해서 계산된다.
서양 속담

유럽 사람들은 중국 사람들에게 기계공업을 자랑하여, '기계공업은 인간을 노동에서 해방시켰다'고 설명했다. 그러나 '노동은 행복이다. 노동에서 해방되는 것은 가장 큰 불행일 것이다'라고 중국 사람들은 대답했다.
톨스토이

노동은 모든 사람들에게 있어서 소중하다. 왜냐하면 그것은 사람에게 혜택을 주는 것이니까. 아이들에게 아무 일도 가르치지 않고 또 아무 일도 시키지 않음은, 그 아이들로 하여금 장래에 있어서 약탈할 준비를 시키는 것과 조금도 다름이 없는 일이다.
탈무드

이 일이 필요한 일인가 하는 그러한 의심을 품지 않을 때에, 일하는 것이 기쁨이 된다.
톨스토이

자기의 근육(筋肉)을 사용함이 없이는, 동물(動物)은 살아가기를 못한다. 인간도 역시 마찬가지다. 만족과 환희를 얻기 위하여 근육을 사용하려면, 유익(有益)한 일, 그리고 무엇보다도 남을 위해서 봉사하는 일에 사용할 필요가 있다. 이것이 가장 좋은 사용법이다. 인간은 육체적인 요구에 대해서 해방될 수는 없다. 만약 충분히 고려한 연후에 일하지 않는 인간이 있다면, 그는 불필요하고도 어리석은 인간일 것이다.
톨스토이

일하는 사람의 마음속에서는 신(神)과 같은 힘이 솟아 나온다. 즉, 신성한 극락적(極樂的)인 생활력이 솟아 나온다. 이 힘은 전능(全能)의 신(神)이, 그 사람의 마음속에 부여하는 것이다. 사람은 일하지 않으면 안될 형편에서 노동에 종사할 때에만, 모든 고귀한 힘에 눈을 뜨며 그를 참된 지식(知識)으로 인도한다. 참된 지식은 오직 일함으로써만 얻을 수 있다. 그렇지 않은 모든 지식은 한 개의 가설(假設)에 지나지 않으며, 공론에 지나지 않는다. 우리들이 실제적인 일을 통해서 경험하지 못하는 모든 지식은 다 그렇다.
카알라일

적은 노력으로 손쉽게 돈을 벌어, 나머지 오랜 기간을 편안히 지내겠다는 생각을 가진 사람이 많다. 돌아보면, 인간은 에덴 동산에서 추방당했을 때부터 일해야 먹고 살 수 있는 운명을 짊어졌다. 사람들은 노동을 하나의 짐으로 여기는데, 오히려 나는 인간의 권리(權利)라고 생각한다. 참된 휴식의 기쁨은 노동과 더불어 있기 때문이다.
힐티

part 15

근로(勤勞)에 대하여

Analects of the World

남들이 생각하는 것과는 관계없이,
내가 해야 할 일들은 모두가 나와 관계되는 것들이다.
에머슨

생활에 즐거움을 주는 것이 근로이다.
아미엘

근심 걱정을 치료하는 데는 위스키 보다 일이 낫다.
에디슨

나태한 것을 몸의 때라 하고, 방일한 것을 일의 때라 한다.
법구경

세상에 천한 직업은 없으며, 다만 천한 사람이 있을 뿐이다.
링컨

사람의 손은, 부지런히 모든 것을 주물러 황금으로 변하게 하는 재
주를 가지고 있다. 이것은 마치 자애로운 어머니의 손이 상처의 아
픔을 덜어 주는 것과 같은 위대한 힘을 가진다.
롱피드

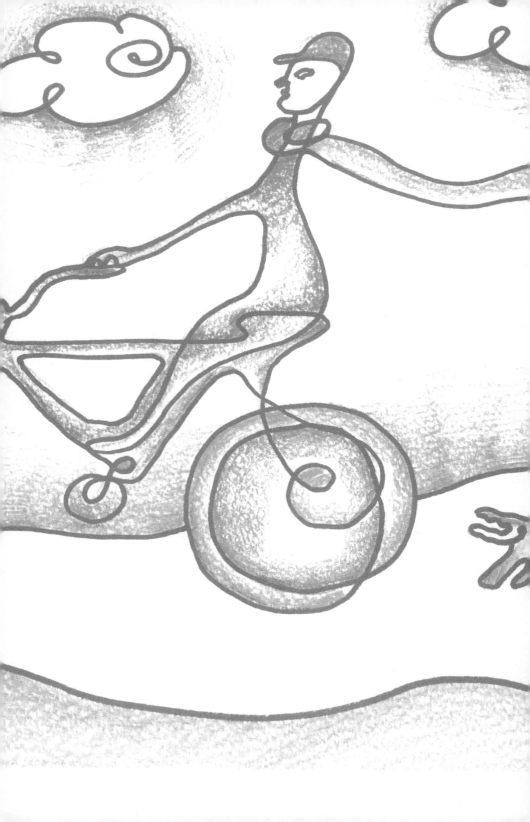

근로는, 언제나 인류를 괴롭혀온 온갖 질병과 비참함에 대한 최대의
치료법이다.
카알라일

일이 없을 때는 마음이 어두워지기 쉬우니 마땅히 고요
함과 밝은 지혜로써 마음을 비춰야 한다.
채근담

일년의 계획은 봄에 세우고, 하루의 계획은 아침에 세운다. 봄에 씨
를 뿌리지 않으면 가을에 거둘 것이 없고, 아침에 일찍 일어나서 서
두르지 않으면 그날 할 일을 하지 못한다. 젊은 시절은 일년으로 따
지면 봄이요, 하루로 따지면 아침이다. 봄에는 꽃이 만발하고, 눈과
귀에 유혹이 많다. 눈과 귀의 향락을 찾아서 가느냐, 부지런히 땅을
가느냐에 따라서 인생의 결실이 결정된다.
공자

우리의 자랑은 부지런한 두 손이다. 왜냐하면 두 손은 부
지런히 일을 할 수 있기 때문이다. 근면은 생활 수단을
부여할 뿐만 아니라, 생활에 유일한 가치를 부여한다.
쉴러

근로는 우리의 육체를 강하게 만들고,
학문은 우리의 영혼을 강하게 만든다.
스마일즈

자기가 맡은 일을 게을리 하는 자(者)는 남의 물
건을 빼앗는 사람보다 더 나쁘다. 왜냐하면 그
는 자기의 일을 게을리함으로써, 그가 할 일을
결과적으로 다른 사람이 해주기 마련이기 때문
이다. 이러한 사람이야말로 스스로 일하여 벌어
먹으려고 하지 않고, 남이 부양해 주기를 강요
하는 사람이다.

타고르

근면은 덕과 의로움으로써 일을 부지런히 한다는 말인데, 어떤 사람은 근면을 재물을 모으는 수단으로 아는 경우가 있다. 또 겸손한 것은 재물과 이익을 탐내지 않는 것을 말한다. 그런데 어떤 사람은 겸손을 인색한 것을 변명하는 구실로 삼는 경우가 있다.

채근담

일을 하는 가운데 평온이 깃들고, 수고 하는 가운데 안식이 깃든다.

폰트넬

근로는 하루를 풍요롭게 하며, 휴식은 피로한 나날을 값있게 한다. 그리고 근로 뒤의 휴식은 높은 환희 속에 감사를 불러 일으킨다.

보들레르

무슨 일이든 익숙해지면 아무것도 아니다.

스위프트

할 일이 없는 사람은 정말로 일이 없는 것이 아니라, 일할 의지가 없는 것이다.

고서(古書)

수고가 많지 않은 자에게, 인생은 혜택을 베풀지 않는다.

호라티우스

자기 일을 찾은 자는 복(福)이 있다.
카알라일

오직 열중하라, 그러면 마음도 달아오를 것이요,
오직 시작하라, 그러면 그 일은 완성될 것이다.
괴테

'일의 변경이 최고의 휴식이다'라고
최대 정치가인 한 사람이 말했다.
코난 도일

일시적인 기분으로 시작하는 일은,
시작하자마자 곧 멈추게 된다.
채근담

일을 바르게 하는 것도 한 가지 방법뿐이지만,
일을 바르게 보는 것도 한 가지 방법뿐이다.
러스킨

일에 대한 걱정으로 난처함을 당하지 않는 생활은 얼마나 행복하랴!
푸블릴리우스 시루스

일을 끝까지 성공하지 못해도 좋다. 다만 일을 하다말고 포기할 생각만은 하지 말라. 당신에게 그 일을 맡긴 사람에게 언제나 신뢰를 잃지 않게 하라.

탈무드

그대가 배운 기술이, 비록 보잘 것 없는 것이라도, 이를 존중하고 만족하라. 그리고 그대 자신을 일의 폭군이나 노예로 삼지 말고, 몸과 영혼을 신들에게 맡기고 사는 사람들처럼, 사람들과 더불어 여생을 보내도록 하라.

아우렐리우스

무슨 일을 하든지 간에 주의 깊게 결말을 보라.

미상

정말로 바쁜 사람은 그의 몸무게가 얼마나 되는지 알지 못한다.

하우

백 년을 살 것처럼 일하고, 내일 죽을 것처럼 최선을 다하라.

프랭클린

일어나서 일하세. 어떠한 운명에도 용기를 가지고 말일세.

롱펠로우

일을 함에 있어서 최선을 다하는 것이야말로 가장 빨리 목표에 이르는 방법이다.
브하그완

　　　　자기 일을 멸시하는 사람은 먹을 양식을 걱정한다.
스퍼진

모든 사람이 자신의 일에 열중하도록 하라.
세르반테스

　　　　하고 싶은 일이 있으면 그 일을 하고,
　　　　하고 싶지 않은 일이 있으면 그 일을 하지 말라.
에픽테토스

어떤 것으로 아무 것도 만들려고 하지 않는 사람은, 아무것도 추진하지 않으니 아무 쓸모가 없다.
보마르세

완성을 시도하라. 결코 의심하여 서 있지 말라. 그렇게 어려운 것은 아무 것도 없다. 실행은 틀림없이 완성을 이룰 것이다.
헤리크

노력해서 해결될 수 없을 만큼 어려운 일은 아무것도 없다.
테렌티우스

노력이 적으면 얻는 것이 적다.

인간의 재산은 그의 노력에 비례 한다.

헤리크

겸손한 자만이 다스릴 것이요, 애써 일하는 자만이 가질 것이다.

에머슨

이 지구상에는 아직도 큰 사업을 일으킬 일이 많다. 나에게는 일하고 공부하는 것이 전부이다. 내가 바라는 것은 나 스스로를 지배하는 것이지, 외부적인 명예가 결코 아니다.

괴테

인간의 근로에는 일정한 조건이 있다. 우리들의 목표가 높은 곳에 있을수록 그리고 우리들이 자기의 근로의 결과를 보고 싶다는 생각이 적을수록, 우리들의 성공의 정도는 더욱 더 크고 넓은 것으로 이룩 될 것이다.

러스킨

여자는 직업을 즉각적인 만족이라는 관점에서 판단하며,
반면에 남자는 직업을 장기적인 관점에서 기회로 판단한다.

E·S·엘멘

쉬운 일도 없지만 마지못해 일하면, 일은 더욱 더 어렵게 된다.
테렌티우스

사람은 천성으로 내버려 두면 누구나 다 게을러지기 마련이다. 그렇기 때문에 태만(怠慢)을 다스려야 한다.
힐티

일을 한다는 것은 마치 우물을 파는 일과 같다. 비록 아홉 길을 팠다 할지라도 샘물이 나오는 데까지 미치지 못한다면 우물을 포기하는 것과 같다.
맹자

일이 힘들더라도 이를 악물어라.
캐어리

나는 해야 한다고 생각했다. 그러므로 나는 할 수 있었다.
칸트

먼저 시도하라. 그대가 시도하지 않는 이상 결코 그 일을 완성할 수 없을 것이다.
슐러

모든 일은 어려운 고비를 넘겨야 쉬워진다.
T·플러

로마는 하루아침에 이루어지지 않았다.

세르반테스

일이 주는 압박은 정신에 대단히 이로운 것이다.
왜냐하면 그 무거운 짐에서 벗어나게 되면, 생활
을 즐기게 되기 때문이다. 일은 하지 않고 빈둥거
리며 지내는 사람만큼 불쌍한 사람은 없다. 그러
한 사람은 아무리 높은 신분을 지니고 있다 할지
라도 오히려 무위도식(無爲徒食)에 싫증을 느낄
것이다.

괴테

한 사람 혹은 몇 사람의 노예가 되지 말라. 당신이 하지 않으면 안될
일, 그리고 당신이 할 수 있는 일에 있어서, 모든 사람들에게 도움이
되는 일을 하라.

시세로

왕의 직무가 직공의 직무보다 더 중요할지는 모르지만, 그 직무를 훌륭하게 끝마쳐야 한다는 점에 있어서의 중요성은 똑같다.
쮸프로와

열심히 일하는 것은 참된 기쁨이다.
마리니우스

일을 많이 할 수 있는 방법은 지금 즉시 일을 시작하는 것이다.
스마일즈

'내일 아침에 하지'라고 말해서는 안된다. 결코 아침이 일을 해주는 것은 아니다.
크리소스툼

부자집에는 세 사람 가족에 열 다섯 개나 되는 방이 있다. 그러나 집 없는 나그네가 하룻밤을 지내려해도 도저히 들어갈 방이 없다. 이와 반대로 가난한 농부는 한 칸 방에 일곱 가족이 살고 있더라도 처음 만나는 나그네를 진심으로 받아들인다.
스코틀랜드 격언

일한 댓가로 얻은 휴식은 일한 사람이 맛보는 쾌락이다. 일하고 난 뒤가 아닌 휴식은, 식욕이 없는 식사와 똑같이 즐거움이 없다. 가장 유쾌하면서도 가장 보람되고, 가장 소중한 시간의 소비법은 언제나 쉬지 않고 일하는 것이다.
힐티

오늘 하루에 충실해야만 인생 전체에 충실할 수 있다.
괴테

당신이 할 일을 당신이 찾아서 해라. 그렇지 않으면 당신이 할 일이 당신을 찾아다닐 것이다.
프랭클린

사람은 어떤 일로부터 휴식을 취하려면, 어떤 일을 함으로써만 가능하도록 만들어졌다.
A·프랑스

일한 뒤의 휴식, 그것은 인생에서 그리 흔하지 않은 행복의 순간이다.

러셀

그대는 두 개의 손과 한 개의 입을 가지고 있다. 그 뜻을 잘 음미해 보라. 두 개의 손은 일을 하기 위하여 있고 한 개의 입은 힘을 얻기 위해 있다.

리카아도

체면을 손상시키는 일이란 없다. 면목이 없는 것은 오직 나태(懶怠)이다.

헤시오도스

일을 하면서 노래를 부르는 것은 좋은 일이다. 이것은 노동에 신선한 감흥을 준다. 하지만 노래 부르기를 일삼지는 마라.

그륜

이 세상에는 참으로 해야 할 일이 많다.
서둘러야 한다.

베에토벤

언제나 일을 시작하면서는 결과가 어떻게 될지를 생각하라.

원퍼

인생은 일하는 가운데 존재하며,
무기력한 휴식은 죽음을 뜻한다.
볼테르

게으름은 약한 마음의 유일한 피난처이며,
어리석은 자의 휴식이다.
체스터필드

근로는 게으름과 바르지 못한 행실과 빈곤의 세
가지 악에서 우리를 구해 준다.
볼테르

정치는 더럽고, 장사는 비열하다. 그리고 인생은 험하다. 따라서 직
업으로 그 사람을 판단하는 것은 옳지 않다.
임어당

자기가 지배하는 직업은 유쾌한 것이며, 반대로 자기를 지배하는 직
업은 불쾌한 것이다. 따라서 인간에게는 직업의 선택이 중요하다.
알랭

대단히 많은 일 같아도 우선 착수를 해 보십시오! 일에 손을
댄다면, 그것으로써 일의 반은 끝난 것입니다. 그러면 아직
반이 남았겠습니다. 한 번 더 착수해 보십시오! 그리고 나니
일이 모두 끝나 버렸습니다.
아우소니우스

불길은 위로 향하고, 돌맹이는 아래로 떨어지는 것과 같이 인간은 일하기 위해서 태어났다. 어떠한 일에도 종사하고 있지 않은 인간은 이 세상에 존재하지 않는 것과 같다.

세익스피어

그대에게 있어서 일함이 중요하고, 보답이 제이의(第二義)가 될 때, 창조주(創造主)인 신(神)이 그대의 주인이 될 것이다. 그러나 반대로 일이 제이의(第二義)가 되고, 보답이 중요하게 될 때, 그대는 보답의 노예가 될 것이다.

러스킨

자기의 힘을 다해서 일하는 것은 인생의 피치 못할 필요 조건(條件)이다.

톨스토이

우리는 일하기 위해 태어난 것이다. 자기의 일을 발견하고, 그 길로 나아가는 사람은 행복하다.

워나메커

미래는 일하는 자의 것이다. 그리고 권력(權力)도 일하는 자에게 맡겨진다. 게으름뱅이의 손에 권력이 맡겨진 적은 없다.

힐티

바쁜 꿀벌은 슬퍼할 틈이 없다.

브레이크

쓰지 않는 연장은 녹이 슨다. 흘러가는 물이 썩지 않는 것은 멈추지
않고 흘러 가기 때문이다.

불혹자(不惑子)

사람을 행복하게 하는 것은 일의 종류가 아니고, 그 일이 성공했느냐 못했느냐에 달려있다. 이 세상에서 가장 불행한 것은 할일이 없고, 만년(晩年)에 아무런 성과도 거두지 못하는 생활이다.

힐티

part 16

친절(親切)에
대하여

Analects of the World

친절을 베푸는 사람이라고 언제나 친절한 것은 아니다.
A·포우트

은혜가 크면 클수록 그 책무도 크다.
키케로

마음이 상냥한 사람은 결국 아무것도 손해보지 않는다.
J·클라크

은혜는 갚을 수 있는 범위 안에서 받아들여져야 한다.
타키투스

인류에게 정신적 원조를 하는 사람이야말로
인류 최대의 은인이다.
비베카난다

다른 사람에게 친절하고 관대하게 대하는 것이
내 마음의 평화를 유지하는 일이다.
남을 행복하게 할 수 있는 사람만이,
자신의 행복도 얻는다.
플라톤

만일 이 세상에서 한 순간만이라도 친절을 없앤다면, 어떤 가정이나 사회도 존속하지 못할 것이다.
키케로

참된 친절은 극히 드물다. 친절하다고 생각되는 사람은, 보통 순수한 친절이든지 아니면 마음이 약한 자(者)일 뿐이다.
라 로슈프코

어리석은 사람은 친절한 사람이 될 만한 인품을 갖추지 못한 것이 보통이지만, 남에게 친절하다는 것은 그 자신의 인품을 높이는 것이다.
라 로슈프코

큼직한 친절로 큼직하게 이겨라. 최후의 승자는 친절한 사람이다. 힘없는 사람, 용기없는 사람은 다만 친절한 척 할 뿐이다.
중국 격언

약간의 친절한 행동, 약간의 사랑이 담긴 말이 이 세상을 천국처럼 행복하게 만드는 데 큰 도움이 된다.
J·카니

그대가 다른 사람에게 친절함으로써 다른 사람에게 준 유쾌함은 곧
그대에게 돌아온다.
스미드

은혜를 베푼 자는 그것을 감추라.
은혜를 입은 자는 그것을 공개하라.
세네카

 만약 누구의 잘못을 발견하거든 친절하게 주의시키
고, 어떤 점이 잘못되었는가를 알려주어야만 한다. 만
약 이것이 마음대로 되지 않는다해도, 다른 누구도 책
망해서는 안된다. 그리고 더욱 친절을 베풀라.
오레라

끝이 없는 친절은 가장 위대한 선물이다. 그리고 친절은 진정한 의
미에 있어서, 위대한 사람만이 할 수 있는 행동이다.
러스킨

옛 친구를 만나거든 전보다 한층 친밀하게 교제하라. 또한 불우한
환경에 빠졌다든지, 운수가 나빠서 어려움에 빠진 사람을 대할 때
에는 그가 환경이 좋았을 때보다 더욱 친절하게 대하라.
채근담

조용히 거부를 하는 것이 친절이다.
푸블릴리우스 시루스

우러러 볼수록 더욱 높고, 친할수록 더욱 경외로운 곳에 진정 크고 아름다운 친절이 있다.
법구경

호의를 서투르게 받아들이는 것보다는 호의를 정중하게 거절하는 것이 더 좋다.
S·스미드

은혜를 입는 것은 자유를 제한 당하는 것이다.
푸블릴리우스 시루스

친절은 이 세상을 아름답게 만든다. 또한 모든 비난을 해결한다. 친절은 얽힌 것을 풀고, 어려운 일을 수월하게 만들고, 암담한 것을 즐거움으로 바꾼다.
톨스토이

자기 자신이 친절하기 때문에 도리어 남에게 경멸을 당하리라고 두려워하지 말라! 재주가 능한 목수는 목수의 일을 조금도 알지 못하는 사람이, 자기의 재주를 폄훼*(貶毁) 한다고 해서 비관하지 않는다.
노자

* 폄훼(貶毁) : 다른 사람을 깎아내려 힐뜯음.

공손이란 가장 친절한 방법으로 말하고,

가장 친절한 방법으로 행동하는 것이다.

L·류이전

친절이란 사람들을 사랑하는 마음으로써 대하는 것이다.

쥬베르

상냥하고 착한 것은 멀리 간다.

드라이든

호의를 베풀 줄 모르는 사람은, 호의를 받을 자격이 없다.
푸블릴리우스 시루스

친절은 언제나 친절을 낳는다. 은혜의 기억을 마음 속에 간직해 두
지 않는 사람은 고귀한 사람이 아니다.
소포클레스

은혜를 베풀었거든 보답을 구하지 말고,
은혜를 받았거든 반드시 보답하라.
명심보감

항상 겸손하라. 겸양과 친절은 예(禮)의 기본이다.
공자

다른 사람에게 친절을 베풀고 채권자와 같은 마음으로 은근히 보답을 기다리는 것은, 무엇보다도 자신의 마음을 위해서 좋지 않다. 어디까지나 친절은 순수해야 하며, 친절 그 자체가 목적이어야 한다.
아우렐리우스

이 세상에서 친절하다는 말을 듣기 위해서는 지나칠 정도로 친절해야 한다.
마리보

마음이 착하고 친절한 자가 가장 하나님을 닮은 자다.
R·번즈

진정으로 친절할 수 있는 사람은 의지가 강인한 사람뿐이다. 겉보기에만 친절한 사람은 대체로 나약할 뿐이어서 지속적으로 친절하기 어렵다.
라 로슈프코

친절은 아름다움보다 더 가치가 있다.
J·D·아라스

남에게 냉대받는 것보다 참기 어려운 것은 없다.
G·클레망소

은혜는 베푸는 사람의 마음 가짐에 의해 평가되
는 것이다. 은혜는 베풂의 정도보다는 그 마음가
짐에 있다.
세네카

물방울이 한 방울 한 방울씩 그릇을 채울 때, 마침내 그릇을 넘쳐 흐르게 하는 한 방울이 있는 것처럼 계속 친절을 베풀면 마침내는 가슴을 뿌듯하게 하는 친절이 된다.

J·보즈웰

은혜를 알지 못하는 사람 하나가, 어려움에 빠져 있는 모든 사람들에게 해를 끼친다.

푸블릴리우스 시루스

part 17

국가(國家)에 대하여

Analects of the World

국가의 가치는 국가를 구성하고 있는
개인의 가치이다.
J·S·밀

개혁은 바깥에서가 아니라, 안으로부터 일어나
지 않으면 안된다. 여러분은 도덕을 입법화할 수
는 없다.
제임스 가디날 기븐스

국가가 국민에게 매력을 잃은 것은, 위정자들이 자기들은 국민의 노
동을 이용할 권리를 가지고 있다고 멋대로 생각하고 있기 때문임에
틀림없다.
톨스토이

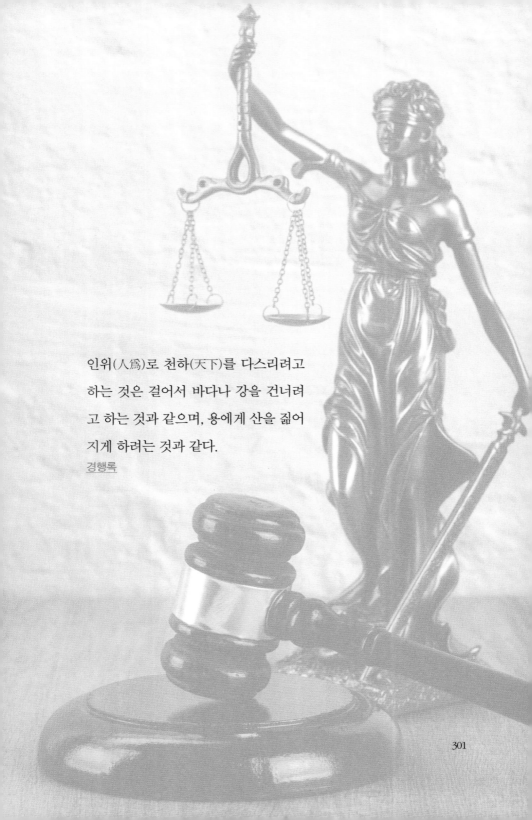

인위(人爲)로 천하(天下)를 다스리려고
하는 것은 걸어서 바다나 강을 건너려
고 하는 것과 같으며, 용에게 산을 짊어
지게 하려는 것과 같다.

경행록

국가가 사람을 위해 만들어졌지,
사람이 국가를 위해 만들어지지 않았다.
아인쉬타인

사람들은 우정으로 관계를 맺는다. 하지만
국가들은 이익으로써만 관계를 맺는다.
R·호후트

인간은 자기 자신만을 위해서
태어난 것이 아니라,
조국을 위해서도 태어났다.
플라톤

세계는 두 가지 국가를 갖는다.
즉 좋은 국가와 나쁜 국가이다.
이들은 어디에서나 함께 있다.
A·마벌

당신들이 독립국가로 남으려면,
공공의 안전을 위해 결속하라.
나폴레옹

국가가 모든 권위에 대한 비판을 어느 정도 허용하는가 하는 것이,
국가에 대한 충성심과 비례한다.
러스키

국가의 이념은, 상응하는 권리 없이는
주장되지 않는 독립이라는 사상에서 발생한다.
랑케

국가 속에 있으면서 사람들은 자유에 대해서 말한다.
그런데 국가의 모든 기구는 어떠한 자유와도
융합할 수 없는 강제성을 토대로 하는 것이다.
톨스토이

국가도 인간도 변함이 없다. 국가도
인간의 여러 가지 성격으로 이루어진다.
플라톤

개인은 그림자와 같이 사라진다.
하지만 국가는 고정되어서 언제나 존속한다.
E·버크

국가는 현재의 안주하는 생활만을 위해서 존재하지
않는다.
국가는 미래의 보다 좋은 생활을 위해서 존재한다.
아리스토텔레스

불멸의 희망 없이는 그 누구도 조국을 위해 스스로 목숨을 바치지
않았을 것이다.
키케로

한 국가가 슬픔을 당하기보다는,
한 개인이 고통을 당하는 것이 낫다.
드라이든

정치의 목적은 통치자와 피통치자를 행복하게 하는 데 있다. 따라
서 정치는 이 양자를 포함한 최대 다수의 최대 행복을 만들어 내는
것이 최선(最善)이다.
오웬

때때로 약간의 반역은 국가의 발전과
건강을 위해서 필요한 의약이다.
제퍼슨

국가는 인간의 육체와 마찬가지로 출생할 때부터
죽어가기 시작한다. 국가 자체 내에 멸망의 원인
을 가지고 있기 때문이다.
루소

조국이 위험에 처했을 때, 개인의 모든 위험이 조국에 귀속된다.
G·J·당통

국가도 사람과 마찬가지로 성장기와 장년기, 그리
고 노쇠기와 쇠망기를 거친다.

W·S·랜더

국가도 개인과 마찬가지로 활동하여 생활(生活)하는 것이며, 개개인
은 국가를 구성하는 분자(分子)이다.

J·G·홀런드

국가는 국가가 배출한 사람들에 의해서 뿐만 아
니라, 국가가 영예를 준 사람, 국가가 기억하는 사
람에 의해서 알려진다.

케네디

국가는 국민의 하인이지, 결코 국민의 주인이 아니다.

케네디

정치적 변혁은 큰 저항 후에 실행된다.

스펜서

공화국은 사치에 의해서 멸망하고,
전제국가는 빈곤에 의해서 멸망한다.

몽테스키외

정치의 정화는 무지개 빛 색의 꿈이다.

잉거솔

가장 훌륭한 정치적 공동사회는 중류층 시민으로 구성된다.

아리스토텔레스

국가도, 사람과 마찬가지로 약점 때문에 사랑 받는다.

예이츠

애국자들은, 고결한 불굴의 정신으로 권력에 저항
함으로써 민중의 권리를 옹호했다.

드라이든

한 나라를 세우기 위해서는 일천 년도 부족하지만,
한 나라를 무너뜨리기 위해서는 단 한 시간으로도 충분하다.

바이런

행동으로써 조국에 봉사하는 것은
명예스러운 일이다.

살루스티우스

나는 우리 나라가 옳기를 바란다. 하지만 옳거나 그르거나 나는 어
쨌든 우리 나라 편이다.

〈J·J·크리텐든〉

민주국가란 그 나라의 모든 사람들이 자유롭게 의견을 발표할 수 있는 국가이다. 그렇지 않으면 민주국가가 아니다.

채플린

조국을 위해 죽는다는 것은 장쾌(壯快)하며 영광스럽다.

호라티우스

조국의 부름에 대한 의무 이행은, 우리 모두에게 양심이다.

J·L·렌타올

어느 시대나 애국자는 바보이다.

A·포우프

국가는 내일을 위한 계획을 가지고 있다는 사실에 의하여 형성되고 생명이 유지된다.

가세트

모든 국가는 그 국가 자체의 이익을 위하여 국가정책을 결정한다.

케네디

조국을 위하여 무엇을 할 것인가? 민족을 위하여 무엇을 할 것인가? 이것이 나의 희망이요, 나의 목표이다.

간디

조국을 위하여 피를 흘린 훌륭한 사람은 희생의 제곱의 양을 보상 받아야 한다.
루즈벨트

부패한 사회에는 많은 법률이 존재 한다.
사무엘 존슨

도덕적으로 나쁜 것은 정치적으로도 옳지 않다.
오콘넬

투표는 탄환보다 강하다.
링컨

모든 국가의 중요한 바탕은 훌륭한 군대이다.
마키아벨리

최상의 정부란 무엇이냐? 우리들에게 자신을 다스리는 법을 가르치는 정부다.
E·버크

모든 국가의 운명은 그 국가의 힘에 달려 있다.
H·V·몰트케

국가와 가정은 영원히 투쟁한다.
G·무어

국가를 구성하는 것은 돌도 목재도 건축술도 아니다. 자기 자신을 방어할 줄 아는 사람들이 있는 곳이라면 거기에 도시가 있고 성곽이 있다.
알카에우스

국가란 공동의 권리와 이익을 향수*(享受)하기 위하여 맺어진, 자유로운 인간들로 구성된 완전한 단체이다.
그로티우스

정부에 있어서는 좋은 국민 이상으로 좋은 기계는 없다.
타키투스

우리의 부모들, 우리의 자식들, 우리의 이웃들, 우리의 친구들도 모두 소중하다. 하지만 모든 소중한 대상들은 하나의 조국에 묶여진다.
키케로

자기의 조국이란 자기가 지닐 수 있는 곳이다.
파쿠비우스

자기 나라에 대한 사랑을 느끼는 가장 좋은 방법은, 가끔 외국에 가서 살아 보는 것이다.
센톤

* 향수(享受): 누리고 받음

국가는 사람의 결합체이다.

몽테스키외

일국의 진정한 재산은 땀흘려 일하는 부지런한 국민
의 수에 달려있다.

나폴레옹

무엇보다도 먼저 국민이 할 일은 국가에 대한 의무이다.
세실

정치란 국민을 위해 존재 해야 되며, 국가의
제도나 정책은 최대 다수의 최대 행복을 위해
존재 해야 되는 것이다.
청담조사

애국심은 인간의 본능과 애정에 깊이 뿌리박고 있다.
D·D·필드

자기의 조국을 모르는 것보다 더한 수치는 없다.
G·하비

국가의 개혁에 있어서 혁명이건, 변혁이건, 진보이건간에, 어디까지
나 국가 개혁은 인간복지의 구현을 위한 국가의 제도적 발전을 뜻
하는 것이다.
청담조사

고상하고 훌륭한 사람에게는 이 세상 전부가 그의 조국이다.
데모크리투스

영국의 여러가지 결점에도 불구하고, 영국이 앞으로
어떻게 되든, 영국은 여전히 나의 조국이다.

처어칠

국가는 개인을 위해서 존재하고, 개인은 국가를 위해서 존재한다.

뒤마

강대국의 책임은 세계를 지배하는 것이 아니라, 세계
를 위해 봉사하는 것이다.

트루먼

국가의 참된 지혜는 경험(經驗)에서 나온다.

나폴레옹

국가는 허구의 존재이다. 실재한 것으로서의 국가는 과거에도 없었
고, 현재에도 없다. 실재하는 것은 다만 한 사람의 인간과 다른 인간
들의 존재뿐이다.

톨스토이

천하(天下)의 근본(根本)은 나라에 있고,
나라의 근본은 백성에 있느니라.

맹자

군주들은 죽지만 국가는 영원하다.

타키투스

많은 경우 국가의 멸망은 도덕의 퇴폐와 신앙의 문란에서 온다.

스위프트

마음이 고결한 사람에게는 나라 일이 가장 소중하다.

볼테르

자기 힘으로 일어나는 국민만이

비로소 자유(自由)를 가질 수 있다.

리부이

법률(法律)이 많으면 정의(正義)가 적다.

영국 속담

나라를 받드는 국민의 마음은 무엇보다도 성실(誠實)하지 않으면 안

된다. 나라 일을 다스리는 군주가 경계해야 할 점은 허위(虛僞)이다.

아리스토텔레스

part 18

가정(家庭)에 대하여

Analects of the World

하나님의 사랑을 받는 자의 집은 즐겁다.

세르반테스

나는 가정의 화목함을 좋게 생각하고, 가정의 민주주의를 좋게 생각
하며, 가정의 공화제(共和制)를 좋게 생각한다.

잉거솔

두 팔에 자식을 안고 있는 어머니를 보는 것처럼
아름다운 모습은 없다. 그리고 여러 자녀들에게
둘러싸인 어머니처럼 존귀한 모습은 없다.

괴테

좋은 명문가 출신은 참으
로 훌륭한 것이다. 그러나
그 영광은 그들의 조상들
에게 돌려줘야 한다.
플루타르쿠스

침묵과 겸손으로 가정에 조용히 머물러 있는 것, 이것이 여자에게는
가장 좋은 일이다.
유리피데스

누구든지 자기 친족, 특히 자기 가족을 돌보지 아니하면 믿음을 배
반한 사람이요, 불신자보다 더 악한 자니라.
신약성서

안락한 집은 행복의 일대(一大) 근원(根源)이다. 이것은 건강과 착한
양심의 토대 위에 만들어진다.
S·스미드

식탁에서 함께 식사를 하고 있는 부부를 보라! 그들이 다정하게 식사를 하고 있는 행복한 시간은 부부 생활의 행복한 시간의 양과 비례한다.

모로아

자기 집의 평화를 발견하고 이를 구하기에 게으르지 않은 사람은, 군자(君子)나 범인(凡人)을 가릴 것 없이 행복한 사람이다.

괴테

아내를 가진 사람은 운명에게 인질로 잡힌 것이다.

베이컨

가정이여, 폐쇄된 가정이여, 나는 너를 미워한다.

지이드

아무리 훌륭한 재판관도 가정 문제에서는 정확한 판결을 내릴 수 없다.

중국 격언

왕자이든 평민이든, 자기의 가정에서 평화를 찾은
사람이 가장 행복한 사람이다.

괴테

가정은 때로는 안식처이기도 하지만,
가정은 때로는 바늘방석이기도 하다.

서양 속담

집을 짓는 것은 남자의 일이고, 집 내부를 아름답게 배치하는 것과
이를 유지하는 것은 여자의 일이다.
알랑

가정이여, 그대는 도덕의 학교이다.
페스탈로찌

가득 채워진 작은 집, 잘 가꾸어진 작은 땅, 뜻대로
해주는 작은 아내, 이것이 나의 커다란 재산이다.
T·레이

죽음의 순간까지 혹은, 최후의 장례식을 치르기까지 행복하다고 간
주되는 사람은 없다.
오비디우스

자기의 자녀들을 교육하는 어머니의 모습은 하느님
이 내려주신 이 땅 위에서 가장 아름다운 사랑의 표
상이다. 즉 진정한 여신(女新)이란 이를 두고 하는 말
이다.
페스탈로찌

아내도 없거니와 자식도 없는 사람은, 책이나 세상에서 가정의 신비
를 연구해 본들, 그 신비에 대해서는 무엇하나 알지 못한다.
미슐레

자기의 가정(家庭)에 대한 사랑은 하나의 동물적인
본능(本能)이다.
톨스토이

가정은, 네가 그곳에 가야만 할 때,
그들이 너를 받아 들이는 곳이다.
프로스트

개인(個人)의 가정은 임금도 침입할 수 없는 성곽이다.

에머슨

모든 대가족에는 천사(天使)와 악마(惡魔)가 있다.

루소

모든 가족에게는 비밀이 있다.

파퀴

한 집안에 예(禮)가 있어서 서로 공경하고,
서로 사랑하면 세상 사람들이 다 존경한다.

대학

어떠한 싸움이 거리를 어지럽히든지,
가정에는 평화(平和)가 있어야 한다.

워츠

가정 생활의 안전과 행복이 문명의 중요한 목적이요,
모든 산업의 궁극적 목적이다.

엘리어트

아버지의 덕행은 아들을 위한 가장 큰 유산이다.

중국 격언

가정생활에서 무엇인가 새로운 계획을 수립하려고 하면 부부 사이가 완전히 파멸되든가 또는 따스한 애정의 굴레로 완전히 결합되든가의 어느 한 쪽이다. 부부 사이가 흔들리고 있으면, 어떠한 종류의 계획도 실행되지 못한다.

톨스토이

사람은, 자기 친척 중에서 아주 싫어하는 사람이 있으면 제 자신은 마구 욕지거리를 해도, 그 인물이 남에게 경멸당하든가 혐오받으면 싫어하는 법이다. 왜냐하면 친척에 부어지는 험구나 불명예는 이쪽으로 반영되면서 자기자신의 자존감을 손상하기 때문이다.

모음

행복한 부부 생활의 첫째 비결은 죽느냐 사느냐 하는 아슬아슬한 지경에까지 이르지 않도록 하는 것이다.

도스토예프스키

군자가 학문을 닦아서 나라를 다스리면 나라가 부강하지 아니할 수 없다. 능히 효(孝)와 제(悌)와 자(慈)를 다하여 집안이 화목하면 이웃 사람이 다 본받아 어질게 될 것이다.

대학

자기 가족들과 즐겁게 노는 사람은 낯선 사람에게 결코 어리석게 보이지 않는다.
플라우투스

가정을 사랑하는 사람만이 나라를 사랑한다.
콜리지

남편의 사랑이 지극할 때, 아내의 소망은 조그마하다. 남편이 그저 다정스런 눈빛으로 보아주기만 해도 아내는 그것으로 만족한다.
체홉

시어머니가 생존해 있는 한,
가정의 평화에 대한 모든 희망을 포기하라.
유베날리스

가정을 지키고, 잘 다스리는 데에 두 가지 훈계의 말이 있다. 첫째 너그럽고 따뜻한 마음으로 집안을 다스려야만 한다. 정이 골고루 미치면 아무도 불평하지 않는다. 둘째 낭비를 삼가고 절약해야 한다. 절약하면 식구마다 어려움에 처하지 않는다.
채근담

운명이 나를 방황하게 할지라도, 나는 의연히 말하리라. 내 가정이 가장 좋다고.
W·쿰

자기 자신의 가정보다 더 즐거운 곳은 없다.
키케로

나는 부모의 재산을 상속한 사람들을 많이 보았다. 그러나 그 중에 똑똑한 사람도 있고 어리석은 사람은 있어도, 부모의 장점과 미덕을 상속했다는 사람은 보지 못했다.
에피쿠르스

사고는 가장 질서 잡힌 가정에서 일어나는 법이다.

삼가 어머니 앞에 머리를 숙이라 ! 어머니는 모세를 낳았고, 마호멧을 낳았으며, 예수를 낳았다. 지칠 줄 모르고 우리들을 위해 계속 위대한 인물을 이 세상에 낳아 주신 어머니에게 머리를 숙이라. 위대한 인물은 모두가 어머니의 자식이며, 그 젖에 의해서 자라났다. 세계가 자랑거리로 삼는 인물, 그 인물을 낳은 것은 모두 어머니인 것이다.
고리키

온갖 실패나 불행을 겪어도, 인생에 대한 신뢰를 끝까지 간직하고 있는 낙천가는 대부분이 훌륭한 어머니 품에서 자라난 사람들이다.
모로아

가정 속에서 자기 세계를 가진 자야말로 진정 행복한 사람이다.
괴테

가정이란 어떤 형태의 것이든, 인생의 커다란 목표이다.
홀런드

천한 것과 훌륭한 것을 가문이 아닌,
그 사람의 생애와 마음의 순수성으로 구별하라.
호라티우스

집은 그 주인을 알려준다.
허버트

　　　　　　화목한 가정은 서로간의 헌신이 없이는 절대로 영
　　　　　　위되지 못한다. 이 헌신은 그것을 실행하는 사람
　　　　　　을 위대하며 아름답게 한다.
　　　　　　지이드

어머니와 아들을 이어주는 감정은 완전하고 순수하여 아름다운 것
이다. 여기에는 어떠한 거짓이 있지 않다. 아들에게 있어 어머니란
하느님의 핏줄기가 흐르기 때문이다.
모로아

국가의 기본은 가정에 있다. 모든 가정이 제각기 바로 잡히면,
그 국가는 바로 잡힌다.
대학

검소하고 부지런한 것은 집안을 다스리는 근본이요,
화목하고 순종하는 것은 집안일을 처리하는 근본이다.
명심보감

집안사람이 잘못을 저지르려거든 모름지기 화를 내지 말며, 가벼이
여겨서 넘겨 버리지도 말라. 지적해서 말하기 어렵거든 다른 일에
비유해서 점잖게 타일러라. 오늘 깨닫지 못하거든 내일을 기다려 깨
닫게 하라. 봄바람이 추위를 덮고, 화기가 얼음을 녹이는 것과 같이
이것이 곧 가정의 모범이다.
채근담

사람은, 그가 필요로 하는 것을 찾기 위하여
온 세상을 여행하고, 비로소 집으로 돌아와
그것을 찾는다.
G · 무어

사람은 집에 있을 때 그의 행복에 가장 가까워지고,
밖으로 나가면 그의 행복(幸福)에서 가장 멀어지는 법이다.
홀런드

자기 가정을 훌륭히 다스리는 사람은, 국가의 일도
훌륭히 다스리는 가치 있는 사람이 될 것이다.
소포클레스

가정은 하나의 모순된 작은 우주(宇宙)이다.
몽테를랑

어머니의 마음은 가장 자연스러운 하늘과 땅의 마음이다.

대망경세어록

가정이 가정내부로만 움츠려들면 안된다. 외해(外海)의 물이 잘 흘러들어오는 만(灣)처럼, 가정은 항상 외부 공기의 유통에 대해 문을 활짝 열어 두어야 한다.

모로아

'오오! 어머니'라는 저 감미롭고 그리운 이름을 입으로 부르며 그것에 대답을 들을 수 있었던 그 시절만큼 행복한 때는 없었습니다. 그러나 이제는 누구를 향해 그렇게 부르면 좋을까요.

베에토벤

천막을 치고 야영을 하기 위해서는 백 명의 남자(男子)가 필요하지만, 한 명의 여자면 가정을 이룰 수 있다.
잉거솔

누구나 자기 집에서 살도록 하기 위해서 세상은 이토록 넓었다.
에머슨

남편은 가정의 주인이다. 하지만 남자는 소와 같다는 말과 같이 밖에서 일하기 마련이므로, 집안에서는 주로 아내가 가정을 지배 하기 마련이다.
에센바흐

어떠한 사건도 형제의 혈연은 끊어 버리지 못한다. 형제는 영원히 형제이다. 아무리 격심한 감정이나 분노도 형제애는 끊어 버리지 못한다.
블키이

화려한 궁전 속을 거닐지라도, 초라하지만 내 집만한 곳은 없다.
J·H·페인

대부분의 남자들은 자기 아내가 특별한 재주가 있는 것보다, 맛있는 음식을 만들어 상 위에 올려 주는 것을 더 기쁘게 생각한다.
사무엘 존슨

자비는 가정에서부터, 정의는 이웃에서부터 생긴다.
디킨즈

저녁 무렵에 가정을 생각하는 사람은 이미 가정의 행복을 맛본 사람이며, 인생의 태양을 쪼인 사람이다. 그리고 가정을 사랑하는 사람은 행복의 빛을 받아서 밝은 평화의 꽃이 피어난다.
베히슈타인

진실한 기도야말로 천국의 문을 두드리는 열쇠이다. 기도는 바위라도 뚫을 수 있는 위대한 힘이다. 사랑의 고갈은 모든 인생 비극의 시초이며 종말이다. 인생 최고의 안식처는 오직 화평한 가정뿐이다.
최진용(崔晋榕)

가정적(家庭的)인 결합(結合)은, 그것이 종교적 결합에까지 발전했을 때, 그 가정의 여러 식구가 신(神)과 신(神)의 가르침을 믿을 때에만 확고한 것이 되며, 가족 구성원들에게 행복을 가져온다. 이렇게 되지 않고서, 가정은 기쁨의 원천(源泉)이 될 수 없다.
톨스토이

어떤 사람이 그리스도를 향하여 말하였다. '당신의 어머니와 형제가 당신을 보기 위하여 문 밖에 서 있습니다.' 그리스도는 말하였다. '나의 어머니와 나의 형제란, 신(神)의 말을 듣고 행하는 모든 사람이다.'
성서

> 가정도 가계(家系)도, 인간의 영혼을 제한할 수 없다. 인간은 그 탄생의 날부터 일정한 소수(少數)의 사람을 그의 주위에 갖고 있다. 그리고 그 사람들의 부드러움이 한 인간의 마음속에 인간에 대한 애정을 불러일으킨다.
> 챤닝

외모가 검소한 사람은 마음의 양식이 풍부하다. 여자의 남편에 대한 최고의 미덕은 순종이다. 형제간의 우애는 의무가 아니라 천륜(天倫)이다.
최진용(崔晋榕)

> 가정을 위한 이기주의(利己主義)는 개인을 위한 이기주의보다 훨씬 심할 때가 있다. 자기 한 사람 때문에 남의 행복을 희생시키는 것을 부끄러워하는 사람도, 가정의 행복을 위해서는 남의 행복이나 결핍(缺乏)을 이용함을 거의 의무(義務)인 듯 생각하고 있다.
> 톨스토이

자신의 악행을 변명하기 위해서, 가장 잘 쓰이지만 옳지 않은 변명 중 하나는 '가정의 행복 때문에'라는 말이다.

<u>톨스토이</u>

part 19

처세(處世)에 대하여

Analects of the World

부잣집에서 성장한 사람은 뜻한 바를 성취하는 일이 별로 없으며, 가난한 집에서 고생하며 자란 사람은 반드시 뜻한 바를 이룰 수 있다. 사람은 배가 부르고 등이 시리지 아니하면 없는 사람의 사정을 짐작하기 어려운 법이다. 이 세상의 모든 실정을 올바로 알고 처세하여 나가면서 고해역경(苦海逆境)을 잘 밟아야 한다.

채근담

몸가짐은 지나치게 깨끗하게 하지 말아야 하며, 모든 욕됨과 모든 때묻음을 받아들일 수 있어야 하고, 남과 사귐에는 지나치게 선을 긋지 말아야 할 것이니, 모든 선악과 현우를 함께 받아들일 수 있어야 하는 것이다.

채근담

임금이 임금답지 못하면 신하도 신하 노릇을 다하지 않고, 아버지가 아버지답지 못하면 자식도 자식의 도리를 다하지 않는다. 웃사람이 그 자리를 지키지 못하여 체통을 잃으면, 아랫사람들도 분수나 예의를 지키지 않게 된다. 위, 아래가 화목하지 못하면 임금의 명령도 시행되지 않는다.

관자

가장 존경할 인물까지도 존경받게 혹은 존경할 만하게 만드는 데는,

절대적으로 어떤 위엄 있는 태도가 필요하다.

체스터필드

세상을 살아감에 반드시 보상을 구하지 말라. 그르침이 없으면 이

것이 바로 보상인 것이다. 남들에게 베푼 은덕에 남들이 감동하기

를 바라지 말라. 원망을 듣지 않으면 바로 그것이 은덕인 것이다.

홍자성

부모나 형제의 변고*(變故)를 당하여서는 마땅히 침착하여 흥분하

지 말고, 친구의 잘못을 보면 마땅히 충고하기를 주저하지 말라.

홍자성

* 변고(變故): 갑작스럽게 일어난 좋지 않은 일

태평스러운 세상에 처하면 마땅히 방정해야 하고, 어지러운 세상에
처하면 마땅히 원만해야 하며, 평범한 세상에 처하면 마땅히 방정
함과 원만함을 가져야 한다. 착한 사람을 대할 때는 마땅히 너그러
워야 하고, 악한 사람을 대할 때에는 마땅히 엄격해야 하며, 보통 사
람을 대할 때에는 마땅히 너그러움과 엄격함을 함께 지녀야 한다.
홍자성

작은 일에 많은 관심을 가지는 사람들은 대개 큰
일에는 무능하다.
라 로슈프코

일에서 물러날 때에는 전성기에 그만두어라.
채근담

경솔한 마음은 하찮은 일로도 정복된다.

오비디우스

임금은 임금답게, 신하는 신하답게, 아버지는 아
버지답게, 아들은 아들답게 행동하라.

공자

내일을 위해서, 오늘 분수를 지키는 것이 현명한 사람의 도리이다.
한 개의 바구니에 달걀 전부를 넣으려는 모험은 하지 말아야 한다.

세르반테스

자유는 모든 것 중의 으뜸이다. 절대로 노예 굴레
의 올가미 밑에서는 살지 말라.

월리스 경

자유 속에서의 콩이, 속박 속에서의 단 과자보다 낫다.

허버트

구속받지 않는 방종이, 불순한 욕망의 원인이 된다.

키케로

인간은 남을 존경할 때에만, 존경받을 수 있다.

에머슨

초대를 받았을 때는 앞서가는 것보다 늦게 가는 것이 낫다.
A·비어스

물이 지나치게 맑으면 고기가 없고,
사람이 지나치게 살피면 따르는 사람이 없다.
명심보감

황금과 같은 순간의 기회를 활용하여,
최대한의 이익을 얻는 것이 위대한 처세술이다.
J·베일 주교

의심이 날 때는 사실을 말하라.
마크 트윈

남에게 무례한 짓을 행하지 말고,
남으로부터 무례한 짓을 당하지 말라.
성 암브로시우스

떨어질만큼 너무 높이 오르지 말라.
그러나 일어서기 위해서는 굽히는 현명함을 지녀라.
P·매신저

가장 하잘 것 없는 일이, 가장 훌륭한 일에 영감을 준다.
마르몽텔

머뭇거리며 하는
요구는 거절당한다.
세네카

남을 해쳐야 할 경우에는,
그의 보복을 두려워할
필요가 없을 만큼
통렬한 타격을 가해야 한다.
마키아벨리

태도는 사람에 맞게 하라.
테렌티우스

출세의 이르는 길은
두 가지 밖에 없다.
하나는 자기 자신의
근면에 의하는 것이고,
다른 하나는 다른 사람의
어리석음에 의하는 것이다.
라 브뤼에르

네가 실행하고 있는 처세법이, 다른 모든 사람의
처세법이 될 수 있도록 행동하라.
칸트

출세하기 위해서는 어리석은 듯 행동하되,
생각은 현명해야 한다는 것을 나는 늘 보아왔다.
몽테스키외

고상할 수 없으면 우아하도록 노력하라. 도덕적일
수 없더라도, 비속한 것은 피할 수 있다.
미첼

인품의 참된 기준은 생각속에 자리 잡고 있으니,
생각이 고상한 사람은 행동이 고상하다.
버커스탑

일이 뜻대로 진행되지 않거든, 나만 못한 사람을 생각하라. 원망이
저절로 사라지리라. 마음이 나태해지거든, 나보다 나은 사람을 생각
하라. 정신이 저절로 나리라.
채근담

어떤 환경에서나 냉철하고 침착하게 행동하는
것이 궁극의 성공을 가져온다.
제퍼슨

고양이는 물고기를 먹어도 자기 발은 적시지 않는다.
J·헤이우드

작은 일에도 소홀함이 없고, 어둠 속에서도 속이거나 숨기지 않으며, 실패하고서도 스스로 포기하지 않는다면, 이야말로 진정한 대장부라 하겠다.
채근담

은혜는 마땅히 엷음으로부터 짙어야 하는 것이니, 만일 먼저 짙고 나중에 엷으면 사람이 그 은혜를 잊느니라. 위엄은 마땅히 엄함으로부터 너그러워야 하나니, 만일 처음에는 너그럽고 나중에는 엄하면 사람이 그 혹독함을 원망할 것이다.
채근담

결코 후회하지 말고, 결코 타인을 탓하지 말라.
이것이 영지(英知)의 제 일보니라.
디드로

시작이 좋으면 결과도 좋은 법이다.
영국 속담

깊이가 없는 얕은 곳에서 오는 칭찬은 값어치가 없다. 사람은 남에게 칭찬을 받으면, 자기의 위치가 높아진 것처럼 생각하고 우쭐해진다. 이러한 착각은 주의해야 한다.
베이컨

우리가 보고 있는 모든 현상은, 그리고 보고 있다고 생각하고 있는 것은 모두 꿈속의 꿈에 불과하다.

포우

유혹에 빠진 사람을 멸시해서는 안된다. 당신 자신이 남에게 위로를 받고자할 때가 있었던 경우를 생각하고, 오히려 그 사람을 위로해 주도록 힘쓰라!

쇼펜하우어

물에 빠졌을 때, 그 흐름에 역행해서는 안된다. 될 수 있는 한 물의 흐름에 따라 그냥 내려가면, 아무리 약한 사람도 물가나 언덕에 닿기 마련이다. 세상살이도 순리에 맞게, 처신해야 한다.

세르반테스

무엇보다도 물처럼 행동하는 것이 필요하다. 방해물이 없으면 물은 흐른다. 둑이 있으면 머무른다. 둑을 열면 또 흐르기 시작한다. 물은 이러한 성질을 가지고 있기 때문에 가장 필요하며, 가장 힘이 강하다.

노자

언제나 자기가 할 일을 주의 깊게 하라. 어느 일에 대해서라도 주의가 부족 했다는 변명은 용서되지 않는다.

톨스토이

게으른 버릇을 고치는 약은, 자신들의 실패로 인해서 오는 고통보다도, 부지런한 사람의 성공이 가장 빠른 특효약이 될 것이다.
르나아르

사람들의 꿈이 한 번도 실현되지 않았다고 하는 것보다 더 안타깝고 서글픈 것은, 한 번도 꿈을 꾸어 보지 않은 사람들이다.
에센바흐

큰 인물은 큰 일을 기도하지만, 그것은 그 일이 중대 한 것이기 때문이다. 어리석은 사람도 큰 일을 기도하지만 그것은 그 일이 쉬운 것이라고 생각하기 때문이다.
보브나르그

남의 은혜를 잊어버리는 사람은 인간으로서의 일종의 단점을 지니고 있는 것이다. 유능한 사람이 남의 은혜를 잊었다는 예는 하나도 없었다.
괴테

어떠한 일이든지 한 가지 일에 능통하라! 한 가지 일에 능통하지 못하면 한 가지의 지혜도 가지지 못한다.
경행록(景行錄)

우리의 진정한 적은 침묵하고 있다.
발레리

지조가 강한 사람은 자칫하면 다른 사람과 어울리기 어려워서 이따금 남과 다투는 일도 있으니, 평시에 온화한 마음으로 타인과 지내도록 마음을 힘써야 한다. 또 정의감이 강한 사람은 공명심이 넘치게 되므로 남에게 질투를 받는 일이 많다. 그러므로 평소부터 겸양의 미덕을 보이면 결코 남에게서 질투를 받는 일이 없을 것이다.
채근담

처세술이란 것은 무엇보다도 먼저, 자기가 한 결심을 끈기있게 해내는 일이다. 그리고 자기가 종사하고 있는 일에 대해서 군소리를 하지 않는 사람이야말로 처세술에 능한 사람이라고 할 수 있다.
알랑

충고는 좀처럼 환영 받지 못한다. 또한 충고를 가장
필요로 하는 사람이 충고를 가장 싫어한다.

체스터필드

적이 약하다고 해서 동정해서는 안된다. 그대가 강해지지 않으면 적
은 그대를 용서하지 않을 것이다.

사디

새 신발을 가지기 전에는 헌 신발을 버리지 말라.

폴란드 격언

기다릴 줄 아는 사람은 바라는 것을 가질 수 있다.

프랑스 격언

물레방아는 이미 흘러간 물로 가루를 빻을 수가 없다.
영국 격언

높은 산에 올라가 보지 않는 사람은 평야를 알지 못한다.
중국 격언

고생을 많이 하여, 세상 물정에 밝은 사람은 자신에게 닥친 역경을
우아하게 넘길 수 있는 사람이다.
모옴

가벼이 승낙된 일은 반드시 믿음이 적고,
쉽게 되는 일이 많으면 반드시 어려움이 많다.
노자

그대가 어떤 일을 시작하면, 그것이 어떤 종류의 일인가를 세심히 생
각해 보라. 그대가 목욕탕에 가려고 하면, 우선 어떠한 일이 목욕탕
에서 흔히 일어나는가를 생각해 보라. 어떤 사람은 떠밀고, 어떤 사
람은 사납게 뛰어들고, 어떤 사람은 욕지거리를 하고, 어떤 사람은
도적질을 할 것이다. 그러므로 그대가 미리 '나는 목욕을 하려고 한
다. 나는 나의 당연한 결의를 실천에 옮기려고 한다'고 자기 자신에
게 말한다면, 그대는 더욱 안정감을 가지고 목욕할 수 있을 것이다.
에픽테토스

처세술은 무용가의 기술보다는 씨름꾼의 기술에 가깝다. 왜냐하면,
처세술은 갑자기 닥치는 습격에 대처하기 위해 용의 주도하게, 확
립 되어 있어야 하기 때문이다.

아우렐리우스

말을 타려면 바싹 붙어 앉고,

사람을 타려면 느슨하고 가볍게 앉으라.

프랭클린

지배자는 벌은 천천히 주고,

보상은 재빨리 해 주도록 하라.

오비디우스

나는 큰 소리로 칭찬하고, 부드럽게 나무란다.

러시아의 카테리네 2세

구부러진 지팡이를 곧게 하기 위해서,

우리는 지팡이를 반대쪽으로 구부린다.

몽테뉴

사소한 일들을 피하려면,

세상을 피하는 수 밖에 없다.

채프먼

자기를 초월하여 허심탄회하게 처세하면 누가 나를 탓하랴! 도(道)
를 쫓지 않고 욕심만 부리면 반드시 파탄이 오고, 착한 마음씨를 가
지지 않고 탐욕한 사람은 반드시 궁지에 몰리리라.
　　회남자

　　　　여자의 치마 속에는 손을 넣지 말고, 고리대금업자의
　　　　장부에는 펜을 대지 말고, 비열한 악마는 쫓아버려라.
　　　　　세익스피어

모든 사람에게 그대의 마음을 열지 말라.
　　경외경(經外經)전도서

정직한 것, 친절한 것, 조금 벌어서 조금 덜 쓰는 것,
자기가 집에 있으므로 해서 가족이 전체적으로 더 행
복해지게 하는 것, 어떤 상황에서도 격분하지 않는 것,
약간의 친구를 갖는 것, 똑같이 엄격한 조건에서 친구
를 사귀는 것, 바로 이것이 꿋꿋하고 고상한 인간이
해야 할 일이다.

스티븐슨

그대는 물론 교만한 얼굴을 해서는 안된다. 그러나 그대가 가장 고
귀하다고 생각하는 것을 굳게 붙잡고 있으라. 마치 그대가 자기 위
치를 지킬 것을 신으로부터 명령받은 것처럼, 그대가 확고하게 자
기 위치를 지켜 나가면 전에 그대를 비웃던 사람들도 마침내는 그
대를 찬양할 것이다. 하지만 그대가 처음에 비웃음을 당할 것이 두
려운 나머지 자기 위치를 지키지 못 하게 되면, 그대는 2중으로 비
웃음을 받게 될 것이다.

에픽테토스

모든 사람에게 예절 바르고, 모든 사람에게 친밀하고,
모든 사람에게 벗이 되고, 모든 사람에게 적이 되지 말라.

프랭클린

겸손 할 줄 모르는 사람은, 인생을 사는 법을 알지 못한다.

팔린게니우스

여러 사람이 그를 싫어할지라도 반드시 그를 살펴보아야하며, 여러 사람이 그를 좋아할지라도 반드시 그를 살펴보아야 한다.
공자

후원을 받는다는 것은 처세술(處世術)의 전부이다. 사람은 후원을 받지 않고는 출세할 수 없다.
격언

어떠한 일이든지 마지못해 해서는 안된다. 그리고 공공의 이익을 무시해서도 안된다. 또한 깊히 생각한 후에 행하되, 감정에 좌우되어서는 안된다. 그리고 인위적인 허식으로 자기 사상을 장식하여서도 안되며, 말이 많은 사람이 되거나, 많은 일에 매여서 너무 분주하여서도 안된다. 그리고 자기 자신 속에 깃들어 있는 신성(神性)으로 하여금 자신의 수호신이 되게 하고, 남아답게 생각이 깊으며, 정치에 관여하고, 로마인으로서, 다른 지배자로서, 자기의 직분을 지켜 어떤 사람의 증언도 필요없이 묵묵히 행동해야 한다. 또한 쾌활해야 한다. 외부에 원조를 구하지 말 것이며, 남이 주는 평화를 기대해서는 안된다. 그러므로 남아는 남의 힘에 의해서가 아니라 자신의 힘으로 서야 한다.
아우렐리우스

모든 일이 그대가 바라는대로 일어나기를 바라지 말고, 모든 일을 일어나는 대로 방임해 두라. 그렇게 하면 그대들은 행복하게 살아갈 수 있을 것이다.

에픽테토스

이 세상에서 아무리 위대하고 영광스러운 것이라 할지라도, 종종 약자의 도움이 필요할 때가 있다.

스펜서

구걸하는 사람은 이것저것 가려서는 안된다.

J·헤이우드

누구의 말에나 귀를 기울이되 네 의견은 삼가하라. 즉 남의 의견을 들어주되 시비는 삼가하라는 것이다.

셰익스피어

언제나 가장 짧은 길로 달려가라. 그 길은 자연이다. 그리고 가장 건전한 이성적 판단으로 말을 하고, 건전한 일을 행하라. 이것을 목표로 삼으면, 인간은 번거로움과 투쟁, 모든 헛된 기교와 헛된 자랑에서 해방될 것이다.

아우렐리우스

사람들이 튜울립꽃을 가장 아름답게 하고 싶으면, 튜울립을 거름더
미에다 심는 것과 같이 악한 것에서 착한 것을 만들어 내고, 최악의
것에서 최선의 것을 만들라.
E·B·브라우닝

로마에 있을 때는 로마식으로 살라.
성 암브로시우스

　　　　　　　　　남에게 가장 예리하게 상처를 주고 싶거든,
　　　　　　　　　그의 이기심을 겨누어서 얘기하라.
　　　　　　　　　L·윌리스

모든 사람이 일자리를 갖도록 하라. 자기가 할 수 있는 최고의 일에
고용되도록 하라. 최선을 다했노라는 양심을 가지고 일하게 하라.
S·스미드

그대의 운명에 의해 형성된 모든 현실에 그대 자신을 적응시켜라.
그리고 그대는 많은 동시대인(同時代人) 사이에서 태어났으므로 그
들을 사랑하라. 그리고 그들에게 성실하게 대해야 한다.
아우렐리우스

작은 구멍이 배를 침몰시키고, 작은 죄가 인간을 파멸시킨다.
J·버넌

쉬운 일도 신중히 하고,
어려운 일도 쉬운 것처럼 하라.
B·그라시

내일의 결핍에 대비하여 오늘 준비해 두는 것이 알뜰한 것이다.
아이소프스

우리가 좋아하는 것을 갖지 못하였을 때는,
우리가 갖고 있는 것이라도 좋아 해야 한다.
뷔지 라뷔탱

시작하기 전에 신중히 준비하라.
키케로

편견으로 옳지 않은 쪽을 편들지 말라.
B·그라시안

때와 장소를 가리지 않고, 경건한 마음으로 그대가 당면한 현재의 상태에 만족하라. 그대의 사상을 보전하기 위해 주변 사람들에게 올바른 행동을 하여, 아무도 그대에게 함부로 공박하지 못하도록 슬기롭게 행동하는 것은 그대의 권한에 속한다.

아우렐리우스

무슨 일을 할 때에는, 어떤 일이 앞서야 하는가, 또 어떤 일이 가져올 결과를 면밀히 생각해 보아야 한다. 자기의 행동으로 인한 일의 필연적인 결과를 염두해 두지 않고서, 무심코 일에 손을 대었다가, 나중에 어려운 일에 봉착하게 되면 부끄러운 후회를 해야 하기 때문이다.

에픽테토스